且行且吟书年华

孙晓光　著

扫一扫查看全书数字资源

北　京
冶 金 工 业 出 版 社
2023

内 容 提 要

本书是一部内容充实、创作手法新颖的游记。作者以一名医生独有的缜密思维和观察力，运用现代散文和古典诗词相结合的写作手法，详细记述了祖国部分地区的自然风光和人文景观，突出地域文化特点，在领略自然风光的同时，结合地理特性、风土人情，彰显旅游的文化品位。

本书共分八篇，包括丝路读史、五月兴凯湖、中原行、云南印象、齐鲁行、楚山湘水、相聚贵州、近处有风景。最具特色之处是每篇游记都用格律诗词做结尾，大大提高了作品的文学艺术特性，为文体跨界融合，探索了一条新路。

本书适合广大旅游爱好者阅读，读者可从书中汲取营养，丰富知识，在自然、人文、历史等多维度均有收益。

图书在版编目(CIP)数据

且行且吟书年华/孙晓光著.—北京：冶金工业出版社，2023.10

ISBN 978-7-5024-9660-9

Ⅰ.①且…　Ⅱ.①孙…　Ⅲ.①游记—作品集—中国—当代　Ⅳ.①I267.4

中国国家版本馆 CIP 数据核字(2023)第 210815 号

且行且吟书年华

出版发行　冶金工业出版社　　**电　　话**　(010)64027926

地　　址　北京市东城区嵩祝院北巷 39 号　　**邮　　编**　100009

网　　址　www.mip1953.com　　**电子信箱**　service@mip1953.com

责任编辑　王　颖　美术编辑　彭子赫　版式设计　郑小利

责任校对　葛新霞　责任印制　禹　蕊

北京建宏印刷有限公司印刷

2023 年 10 月第 1 版，2023 年 10 月第 1 次印刷

710mm×1000mm　1/16；13.25 印张；226 千字；199 页

定价 79.90 元

投稿电话　(010)64027932　投稿信箱　tougao@cnmip.com.cn

营销中心电话　(010)64044283

冶金工业出版社天猫旗舰店　yjgycbs.tmall.com

(本书如有印装质量问题，本社营销中心负责退换)

七律

自题小像

耿骨柔风诗入魂，
常敲平仄长精神。
杏林时遇曲折路，
书海频逢导向人。
患者愁眉破啼笑，
郎中华发蕴劳辛。
医诗互和今生乐，
且笃且行秋似春。

前　言

小时候，常听大人们说，千万别学那些“游山玩水，不务正业”的人。长大后，又看到古训：“读万卷书，行万里路”。于是，便探究这两句字面矛盾却都有道理的诲人励志的话，内在的通理是什么呢?后来，渐渐悟出，前一句，应该是“劝君须惜少年时”，后一句，当然是要把人的成长路径，引到“真知与力行”的必由之路上。

记得我30岁那年，登过一次峨眉山，在清音阁伫立良久，面对响水流云，吟了四句小诗：

一水拍山歌悠悠，
浅底柔石挽风流。
斜阳渐远波瑟瑟，
古木苍翠紫云游。

这是我平生写的第一首诗，那时，还不懂得诗词的格律，更不知平仄对仗，只是想把大自然的美，用简洁的语言表述出来，情感还限于对自然风光的陶醉。

又过了些年，我去安徽参加全国心血管会议，会后与本省的几位专家同道结伴游黄山。是时，莲花峰顶新晴，俯瞰云海，眺望苍穹，触景生情，随口吟了四句：

松瘦松伟岸，
峰险峰乖然。
云高翔脚下，
知难行不难。

显然，这几句较前多了一些人与自然的感觉了。

旅游，就是人与自然的互动与交融。

把人与自然互动的感觉记录下来，并折射出人与社会的光影，就是游记。

大自然是美丽的，山野之静谧，江海之澎湃，自在千古；

大自然是神圣的，水空翔鱼鸟，沃土育稼禾，生命长青。

随着生活水平的不断提高，旅游已经成为人们物质与精神生活的重要需求，国家也从多方面提供方便的出行条件和安全措施。渐渐地，山不再高，水不再远，五湖四海往来游，深山古刹人如织。游者大开眼界，经济借此发展。然而，旅游不是神游，务必身体力行，要用自己的所有感觉器官去感知自然与社会，并把这些感知用自己的大脑去欣赏、刻录和收藏。我在早期出行，往往是每到一处就写几首小诗，把旅游的感知与感受记录收藏。后来，把这些小诗扩写成短文，发表在我的博客上，与网友们一起交流。篇幅日渐增多，忽一日，觉得应该把这些短文整理一下，竟然有十几万字。于是，做了取舍，编辑成册，晒出来与大家分享。

这部游记不仅是对旅游地人文自然的简单介绍，更重要的是启迪读者，树立正确的旅游观，在面对祖国大好河山时，努力发挥逻辑思维和形象思维能力，把力行与认知结合起来，书写好人生的旅程。把脚印留给历史，让文明引领未来。

在编写本书时，对每篇游记中记述的实景描写，结合记忆和照片进行润色；也对文中所涉猎的历史事件进行了考证。用联系与发展的观点将历史与现实有机地结合，力求有缘垂读我这本书的朋友，能从书中体会到自然界的丰秀之美和透射出的历史文明之厚重。

本书没有按出行的时间顺序编排章节，而是把“丝路读史”一篇放在最前面。这样可以凸显红色旅游的重要性。

“哪里有什么岁月静好，只是有人在替你负重前行”这句话一旦为大多数人所认同，那就是全民觉悟的一次质的提升。我们应该感恩那些把一个民族立于世界民族之林的先辈们；我们应该感恩那些为中华民族伟大复兴而正在负重前行的人。

天安门广场的人民英雄纪念碑挺然屹立，烈士的英魂在以不朽的精神昭示国人——民族必须振兴，国家必须强大。要调整好“综合向量”，聚集起民族力量，向着更加光明的未来昂然进发。

本书能够得以与广大读者见面，得益于爱女叶落无心给予我的精神鼓励和具体的修改意见。愿本书，犹如一株不胫而走的芳草，携着纯洁的灵魂去祖国各地漫游，在读者关爱的目光中泛绿发香。

孙晓光

2023 年 6 月 10 日

目　　录

第一篇　丝路读史

一、兰州之行 / 3
二、过凉州/ 7
　（一）古刹莲花 / 7
　（二）雷台奔马 / 10
　（三）戈壁绿洲 / 12
三、甘州丹霞 / 15
　（一）地造天成，大自然之美 / 15
　（二）血映丹霞，西路军之殇 / 17
四、嘉峪关怀古 / 19
五、敦煌圣地 / 22
　（一）文化一脉 / 22
　（二）国宝遭劫 / 27
　（三）沙山月泉 / 31
　（四）义复河湟 / 34

第二篇　五月兴凯湖

一、道听途看 / 41
二、双湖掠影 / 44
三、湖岗渔家 / 48
四、史前留踪 / 50
五、割湖之辱 / 53

第三篇　中原行

一、新郑之旅 / 57
（一）启程 / 57
（二）古枣园 / 58
（三）黄帝故里 / 59
二、洛阳怀古 / 61
（一）关林朝圣 / 61
（二）白马寺 / 62
（三）洛阳三宝 / 63
三、再登嵩山 / 66
（一）巾帼双英 / 66
（二）少林禅宗 / 68
（三）嵩山吾师 / 70
四、游云台山 / 73
（一）眺望仙山茱萸峰 / 73
（二）弦歌跳宕潭瀑峡 / 76
（三）亚洲瀑王泉瀑峡 / 78
（四）我行我思红石峡 / 82

第四篇　云南印象

一、善良的彝族导游 / 87
二、先进的傣族文化 / 90
三、桫椤谷里克木人 / 93
四、翠湖轶事漫想 / 96
五、漫步太阳河 / 100
六、南糯山品茶 / 104
七、洱海情 / 108
八、丽江不夜城 / 112
九、茶马古道拉市海 / 115
十、苍山石 / 119

第五篇 齐鲁行

一、泉城半日 / 125
二、泰山沐风 / 128
三、青岛海思 / 131

第六篇 楚山湘水

一、长沙揽胜 / 139
二、韶山感怀 / 145
三、武陵踏歌 / 150
（一） 天门洞 / 150
（二） 武陵源 / 155

第七篇 相聚贵州

一、第二份请柬 / 165
二、响水河边忆往昔 / 168
三、老钱大哥等等我 / 172
四、苗寨夜话那年事 / 175
五、洒泪惜别期再见 / 178

第八篇 近处有风景

一、万亩良田功勋拓荒 / 185
二、金秋沃野丰饶界江 / 190

武威铜奔马

第一篇　丝路读史

这是一条堆满故事的峥嵘之路……

从兰州到敦煌。

任思绪穿行戈壁，徜徉绿洲……

认知、品读、体味历史的悲怆、苍凉与辉煌。

兰州中山桥

彩图

一、兰州之行

丝绸之路，听起来有些浪漫，感觉上很古老，很漫长。说古老，古老到人类刚刚懂得交换，欧亚大陆就以这条线路为纽带，开始长途商贸与文化交流；说漫长，从九州腹地穿越欧洲，辐射到北非和东非，这条路的确是且远且长。然而，听来的和感觉到的，并不能满足我想实地踏上这条圣路的愿望。还是女儿最懂我，为我报了一个“丝绸之路七日游”的旅游团，多年的夙愿，今天终于成行，携手夫人，带上小外孙女，出发。

到了兰州，天色已经很晚，我们准备入住在黄河岸边的白云宾馆。小外孙女听说后，突然高声朗诵起王之涣的《凉州词》：“黄河远上白云间，一片孤城万仞山……”为了和她互动，我抢过后半段，接着朗诵：“羌笛无须怨杨柳，春风不度玉门关。”小外孙女说：“姥爷背错了！”我问她错在哪里，她告诉我，是“何须”，不是“无须”。切莫小看这 5 岁的妞妞，她不但最先进入本次西北之旅的主题，还以求是的举动，提醒我们对待文化需要有认真的态度。

早上拉开窗帘，向南望去，峰峦重叠，郁郁苍苍，白云流垂，漫融晨雾。脚下是奔涌的黄河，水雾相接，隐约间，有楼群现没，是实景还是蜃景，眼心各为其说。

吃过了早餐，我们两人带着孩子沿着黄河北岸向东漫步。小外孙女的乳名叫希希，喜欢用滑板车代步，她总是跑在我俩的前面，累了也不用我俩抱。大约走出一千米，左手边就是白塔山公园，爱人说，早上凉快，为了让孩子玩得开心，咱们在这多待上一会。

白塔山公园，依山而建，从河岸到山顶，除了坡道就是台阶，左旋右转，忽而上忽而下，迷宫一般，既适合于儿童游玩，又是中老年人怡情和健身的好园林。按照中医理论，人过 50 岁，作为先天之本的肾气已大部耗竭，靠后天之本的脾脏予以补充，多能维系至老。我主张老年人多到阳气盛大的地方活动。早上看到的黄河南岸，云垂雾漫近似蜃景的地方，富含的是阴柔之美，可观而不宜居。我们的祖先为自然界界定阴阳时，确定山之南为阳，山之北为阴，水之北为阳，水之南为阴。按地势命名的地方，多以此为据。白塔山公园恰恰是依山傍水，坐北朝南，双阳之地，加之朗日普照，紫气东来，可谓三阳交汇，阳气十分充足。虽然，这“三阳”的概念来源于中国古典哲学的朴素辩证法，不排除有形而上学的元素，但不会影响这“三阳”外在的物化的存在。

另外，这白塔山公园，也为人们内修“三阳”提供了客观的条件。所谓内修“三阳”，指的是修阳的三个途径，即“动、善、喜”。阳气，是人体生命活动的原动力，在先天之本不足时，仅靠脾脏的运化来补充是不够的，尚需借助动、善、喜三法予以“提升”。动，就是运动。运动能改善人体的血液循环，促进新陈代谢，“气为血之帅”，运动的过程，就是阳气生发的过程。这座公园，从山底到山顶往返一次，所需的运动时间和运动强度，刚好满足运动量，足以使气血通达。善，就是善念和善举。思以善念，动以善举，体内届时释放的是良性激素，人就会神明心舒，气血和畅。正所谓，赠人玫瑰手有余香。白塔山，上有白塔，为元代所建，与佛教渊源颇深；山腰有法雨寺，为佛教圣地。我与希希陪同爱人，入寺进香，朝拜佛祖，虔诚祈福，热心布施，步出寺院，眺望山水，心旷神怡之至。喜，就是乐观人生。世界本来就是美好的，大自然的一山一水，一草一木，都对人类抱有亲情，人类社会，总是向着理想的方向发展。天恩浩荡，地德深厚，感恩自然，感恩社会，感恩所有人。白塔山、黄河水、兰州人，可亲，可敬，可爱！

返回白塔山下，但见一座宏伟的大桥，横亘在黄河之上，据说是德国人所建，名字叫黄河铁桥，1924 年，为了纪念国父，改称“中山桥”，距今已有上百年的历史，被称为“黄河第一桥”。桥体为钢架结构，为了适应不断升高的流经黄河的船体高度，大桥的高度也做了适当的提升。晚清时期，黄河由东至西修建了三座大桥，分别是：兰州中山桥、郑州黄河铁路大桥和济南泺口黄河铁路大桥，都是由德国和比利时人承建的。郑州黄河铁路大桥已于 1987 年退休并拆除；兰州中山桥已不允许机动车辆通行，来往行人基本上是游客，大桥的现实价值已不再是交通，而是历史价值和文物价值。百年之前，建一座大桥要招外国人来承建，百年之后的今天，中国的建桥技术和能力已是世界第一，没有任何一个国家能超越我们。走在这座桥上的国人，每一步都踏出坚实的自信。

流经兰州的黄河河面宽度并不宽，远不及流经哈尔滨的松花江的宽度，但是几千年的中华文化确实由这里润发、积淀、输送和升华。多少年来，国人把黄河唤作母亲河，表达对黄河的敬仰和感恩。从中山桥的北端走到南端，向西漫步，不远处便是著名景点——黄河母亲像。在雕像前留影的游人络绎不绝，一队少先队员在“母亲”的面前表演节目，唱着美丽的歌谣，艳阳辉映的红领巾在浑厚的黄河水的衬托下，光彩夺目。“母亲”在微笑，“母亲”怀里的孩子在微笑，黄河水用波涛伴奏，远山用回声呼应。再看看希希，她微笑着入神地凝视这一切，聆听这一切，感受这一切。这里的每一个人都在微笑。

渔家傲　兰州船夫

己亥年夏作

峰藏雾垂云破晓。
大河东涌黄涛浩。
夹岸重楼如幻渺。
如幻渺。
声声渔唱人舟早。

九曲飞虹波映棹。
羊皮筏子逍遥轿。
盛世新翻渔家傲。
渔家傲。
一川来和船夫调。

注：九曲飞虹指黄河第一大桥。

武威市鸠摩罗什寺

彩图

二、过凉州

（一）古刹莲花

兰州，面向西部，古往今来一直是军事要地，古名金城，有金城汤池、固若金汤之意。国内不少省会级城市，或依山，或傍水，而真正既依山又傍水的则不多。兰州，东西狭长，延伸近50公里，奔涌的黄河横贯其间，河两岸是冲积平原，两侧是绵延的青山，南北距离仅有数公里，最宽的地方也不足30公里。这就形成了一个缩小版的“河西走廊”。

出了兰州，向西便是河西走廊。南有东西走向的祁连山，北方是延绵相接的马鬃山、合黎山和龙首山。这里既是丰实的西北粮仓，又是丝绸之路的必经要道。由几大块绿洲和戈壁荒漠构成。历史上严重少雨，主要靠祁连山的冰川和雪融水源三条水系分区浸润灌溉。伴着历史的脚步，绿洲在萎缩，荒漠在增长，河西走廊的生态面临危机。我们刚出兰州，小雨便淅淅沥沥地飘落下来，一直到武威市，未见停息。这雨虽然不大，对于这里的万物实在太重要了，至少可以解了人们的心渴。我们在威武吃的午饭，这里古时称凉州，更早一些时候，叫雍州。饭后，我们打着伞去谒拜了千年古刹鸠摩罗什寺。

中国有名的寺院也曾到过几处，我认为大致可分为两种，一种是普及型，其基本布局大致相同，进得山门，沿中轴线自下而上，金刚、阿罗汉、菩萨、佛陀依次定位。最为庄严宏伟的就是坐落在最上方的建筑，大雄宝殿。殿内设有现在佛佛祖以及佛门的中央机构，神圣之至。中轴线两侧，设有东方三圣和西方三圣两座大殿，以及各路神明的法地，还有专门作法事的法堂和吃斋饭的膳堂，为游客提供香火的和财布施的场所。另一种是主题型，是为突显某一菩萨或宗祖高僧而建的弘法之地。佛教四大名山属于这种类型，峨眉山特别供奉的是普贤菩萨；五台山特别供奉的是文殊菩萨；九华山供奉的是地藏菩萨；海岛仙山普陀寺供奉的是国人皆尊的观音菩萨。嵩山少林寺，主题是始祖达摩创建的六祖慧能光大的禅宗学派。今天来到的鸠摩罗什寺，是鸠摩罗什祖师弘法演教的场所。

罗什祖师祖上为天竺人，其父与龟兹公主生下罗什，在西域弘法，享有盛名。史传曾有阿罗汉预言，罗什 35 岁之前如不破戒，将成为第二位在世佛陀。可惜，就在他 35 岁那一年，被前秦世祖苻坚强行破戒，娶了前秦一位公主，致使罗什与佛祖尊位擦肩而过。由于罗什盖世优秀，后秦皇帝姚兴，强迫他娶妻留种，致使罗什二次破戒。此后罗什弘法时，只能一再表白自己“身如污泥，心向莲花”。那么，罗什为什么不以死持戒，拒去地狱，成就佛身呢？我想，原因有二：其一，苻坚让吕光把罗什和公主困于一室，已污了公主名声，罗什宁可自己永为俗人，也不能将罪过转嫁给无辜之人，正所谓我不入地狱谁入地狱！这和地藏王的只要地狱里还有一人，我誓不成佛，有相同境界；其二，罗什不是把成佛作为他的第一需要，而是把弘扬佛法作为第一要务。他婚后被困凉州，潜心翻译了 17 部经典佛书，到了长安又翻译了多部经书，并有著作多部，他渴望用佛学思想净化人们的意识形态，包括教化两位不信佛教的皇权人物苻坚和姚兴。他确曾为姚兴撰写了《实相论》2 卷，答姚兴《通三世论》1 篇，如果他持戒而终，他的弘法任务就不能完成，成佛又有什么用呢？不由后人不信，有罗什诗为证：“心山育明德，流薰万由延。哀鸾孤桐上，清音彻九天。”

鸠摩罗什，因为自己破戒，在教育弟子时，主张人们要继承他的佛学思想，而不要效仿他的行为，他告诫弟子们：“臭泥中生莲花，但采莲花勿取臭泥”。

现实与理想有一定的距离，这是不入境的人所感叹的；理想的花朵在现实中生发怒放，这是入境之人所体验的。

僧人持戒苦，破戒更苦；成佛光荣，不成佛一样伟大。

鸠摩罗什是继达摩祖师之后，沿着丝绸之路向中国内陆输入佛教文化的重要使者，300 多年后，才有玄奘法师作为中华民族的文化使者，沿着丝绸之路向西亚、南亚次大陆输出华夏文化，并将佛教系统理论、经典著作、珍贵佛舍利带回中国。吴承恩的一部《西游记》让唐三藏为世人所知，不管是否信奉佛教，都确认唐僧是民族精英。三藏，并非唐代高僧陈玄奘固有荣誉称号，凡是史上被公认的精通“经、律、论”这三门佛家系统理论，并能成为一派宗师的僧人，皆可冠名三藏。然而，真正修得如此成就的僧人寥寥无几。鸠摩罗什，在佛经翻译界，成就高于玄奘，排在四大翻译家之首。玄奘创立了“法相宗”成为一派宗祖；鸠摩罗什，曾被佛教界确认为三宗之祖，其成就相当显赫。所以，鸠摩罗什是先于玄奘获得三藏头衔的僧人。

刚刚走进寺院，雨就渐渐停了下来。我们随着讲解员按程序看完了所有厅堂，欣赏了各个历史时期各国捐赠的佛像，照例进了香。之后，夫人带着希希来到庭院南侧，这里有一棵大树，树荫下摆着一张长条桌，一位气度不凡的僧尼端坐在桌前，我也跟着走过去，夫人拿出 200 元钱，递到希希手里，希希会意地将钱交给了师太，师太微笑着在早已摊开的功德簿上写好了名字和钱数，随手在果盘里取了一个桃子，温柔地放到希希的左手上，看着希希的笑脸，接着又拿起一个人参果，放在希希的右手上。希希不知该拿还是不该拿，把两个果子贴在了胸前，疑惑地望着夫人和我。师太双手合十，说了句“阿弥陀佛”。师太的表情既慈祥，又庄重，我明白，这既是祝福，也是告别，便带着孩子离开了。难得来一次凉州，如能为日后寺院修缮，出一点微薄之力，自然是开心的事。如果非得要在捐过功德之后发一个愿的话，那就是，愿我们的后代能够感知的是，全世界各民族的先进文化，共同繁荣，交映升华。

彩图

武威市雷台汉墓铜奔马

（二）雷台奔马

出了寺院的大门，向北不远，便是雷台汉墓。雷台汉墓是武威的著名历史遗迹，略早于鸠摩罗什寺。雷台和汉墓并不是同时建造的，汉墓在先，雷台在后，相隔 100 多年。

当我们走进雷台大门的时候，已是雨霁云移，阳光明媚，一座挺直双柱塔擎着一匹飞奔的骏马，熠熠生辉，这就是赫赫有名的马踏飞燕。铜车马仪仗俑展池里整齐地排列着汉墓出土的 99 件铜车马仪仗俑的等比例复制品，姿态各异，栩栩如生。这些古老的艺术品，在古汉墓里沉睡了 1800 多年。20 世纪 60 年代，武威的农民在一个大大的土堆下面挖洞，竟然挖出了宝贝——铜奔马。这里就是汉墓，上面的土堆，就是雷台。

据考证，这座汉墓建于东汉末期，长眠的是凉州当地一位张姓大族的头领。我们三人随着大家进入了墓道，墓道可以直起身子走路，转入内室时要躬腰过一道门。墙壁都是原装的汉砖，大约 3 厘米厚，青灰色，呈片状，基本保持原状，外室的右手边有一口暗井，十多米深，井底铺满了参观者投下的钱币。就是这样一座墓穴，发掘出大量的随葬品，有金器、银器、陶器。最为令人赞叹不已的是99件铜车马仪仗俑，其中还有一座三足腾空，一足踏燕的铜奔马，制作精致，体态标准，力学合理，形神俱佳，大有“天马行空，独往独来”之势。郭沫若对这批文物十分重视，尤其对这匹铜奔马情有独钟，给予很高的评价。1983年，铜奔马被确定为中国旅游标识。武威在1800年以前就能制作出这样活灵活现的铜器，一定是与当时当地的马文化有关。这里是丝绸之路的第二驿站，从西域输入的马匹，在这里经过，并在这里养育繁殖，所以这里的马文化自然发达。

我想，马踏飞燕之所以被现代人奉为至宝，不仅仅是因为她做工考究，形神兼备，更因为，马的形象在原始文化中有着重要的地位。汉语成语中，含有马字的词条绝不比含有龙字的少。龙只是中华民族的一种幻构图腾，可尊而不可及。马就不然了，她与人类的生活密切相关，无论是生产劳动、交通运输还是疆场鏖战，都离不开马。人们希望的高速度，马能帮助实现。人们以神话的形式塑造了更加贴近生活的图腾，那就是天马。人们希望自己能有天马一样的力量和速度，有天马一样的豪爽与精神；梦想自己能像一匹天马，飞上太空，遨游宇宙。记不清是哪位诗人说的，“梦想只要能持久，就一定能成为现实。”人类假以类似天马的神器，遨游太空，已不再是神话了。因为具有深厚的文化内涵，马踏飞燕被定为一级甲等文物。因为雷台汉墓出土了这一国宝，武威也出了名。人们开始重新审视武威，知道了武威原来历史上曾经叫过雍州，还叫过凉州。这座历史名城除了深埋近两千年的铜奔马，一定还有更多的不为人知的故事。

（三）戈壁绿洲

我们伟大的祖国，有许多好听的名字，华夏、赤县、九州等。武威市，上溯1800年前，称作凉州，再上溯几百年称作雍州。雍州是九州之一，所辖区域之大，仅次于南方毗邻的梁州。这里是游牧民族和农耕民族文化交融的重要区域。出于生存与发展的需求，周边各民族之间不断发生摩擦，利益纷争升级时，常常发生战争。西汉时，雍州分解为凉州和朔方，凉州的治所就在武威。到了东汉末年，中央集权摇摇欲坠，由于政治的衰弱，战乱频生，凉州四周都是外族统治，凉州就相当于一块“飞地”。汉末以来，该地区的行政区域名称变换不断，最终定名武威。

从雷台出来，我们一路向西，直奔张掖。一大块乌云渐渐弥漫开来，眼见的是迎面卷地而行，我们的大巴车正在向浓云深处驶去，能见度极小，车窗玻璃挂满了细小水珠。随着能见度逐渐好转，窗子上的水珠也突然变大，下雨了。

一方面是雨天，另一方面是离山地渐行渐远，隔着车窗和微斜的雨帘，路两旁一片葱绿。这里是戈壁东端，是河西走廊三大绿洲之一，是祁连山脉北麓石羊河水系的冲积平原。整个河西走廊的降雨量，由东向西渐次锐减，凉州地区的降雨量年均只有150多毫米，农作物基本上得益于祁连山高峰的冰川和积雪融水润泽灌溉。

今天是雨天，游人多少有些郁闷，但是对于当地人来说，则是难得的吉日。随着全球气温变暖，戈壁的气象水文也有了变化，近几年，降雨量突然增加，可以看到田地里的沟渠积满了水，在庄稼的映衬下白白亮亮。由于高速路因故封闭，我们只好走国道，车子时而穿过一些村庄，可见地上都是黏泥。这里的土质与东北平原的土质不大一样，东北的土壤是黑油油的，凉州的土壤是灰色的，非常黏。但从庄稼的长势看，肥力还是蛮够的。

路上我在想一个问题，雷台汉墓原本标记着，两个相隔近200年的历史事件，一个建筑在地上，一个建筑在地下，故事的主人公都姓张，这是历史的巧合，还是暗有机缘呢？反正坐车也没事，打开手机，上网查查。雷台的始建者张茂，原本是秦末常山王张耳的十八世孙，汉室忠臣世家之后，东晋之时官居凉州牧，为了竭尽一任之力，左右驱敌，威震四方，故而建筑灵钧台，即现在的雷台，以彰显凉州乃大汉民族的土地。他曾告诫即将接替他职位的侄子张骏，自己现在的职务并不是朝廷所封赐，而是下边人推举就位的（几百年后的宋太祖黄袍加身，应是此法的升级），现在国家大乱，我们的地位朝不保夕，要舍弃个人利益，效忠国家。由此看来，修建灵钧台，与张家耀祖光宗之欲无关。借此而知，灵钧台的修建与地下的张姓汉墓也无关联，应是与选址时各自的审美观相同有关，是历史上审美的契合而至后来的雷台与汉墓同址的巧合。

从小就认为戈壁滩十分荒凉，今天走进戈壁，观念全然更新。茁茁的庄稼，茵茵的树木，丰盛的果蔬，适宜的温度，告诉人们，这里不但不荒凉，而且宜居。

天渐渐黑了下来，雨还在不停地下，车子终于重新驶回高速路，张掖离此不远了。

浪淘沙　过凉州

河右古凉州，
今日来游，
千年故事泛心头。
宝骏行空轻踏燕，
天地悠悠。

古刹仰鸠叟，
从善如流，
满怀禅意布环球。
丝路长长铺愿景，
四海同舟。

注：凉州，现名武威市；
河右，河西；
宝骏一句，指马踏飞燕，在这里的雷台汉墓出土，一级文物；
古刹，鸠摩罗什寺；
鸠叟，印度僧人鸠摩罗什。

张掖市丹霞口 1

彩图

张掖市丹霞口 2

彩图

三、甘州丹霞

（一）地造天成，大自然之美

清晨，雨早已停了，小镇里看不到障眼的楼房，天空特别的蓝，散布着的薄薄白云，远远地游弋在天边，十分悠闲。地上没有一丝风，空气里没有一粒沙尘，街道上没有一丝喧嚣。镇里有一条小河，东西走向，河岸边是一条带状公园，开着小白花的阔叶草坪中，拥簇着疏密有致的树木，品种不多，大都是柳树、杨树和矮松，还有一些造型优美的小乔木。河水澄明，但不见底，沿着河的南岸漫步，上身着一件短袖衫，双臂微凉，神清气爽。沿河向东几百米，排列着各种店铺，有美食，有工艺品，有当地的土特产。店铺的尽头，向南拐过，但见一座高大的城楼，正面书有三个大字：丹霞口。

出了丹霞口，举目可见一片平原，兀立着一座低矮的山梁，与一路所见的青翠山峦不同，无峰无雾，起伏跌宕，其色苍黄，其状雄浑。这就是世界著名地质奇观张掖七彩丹霞。

我们居住的这个地球实在是太伟大了，不但孕育了无数的生命，给了这些生命体以不竭的物质供养，还为有意识的生命体奉献无限的精神滋养。大自然的鬼斧神工，雕琢出梦幻般的七彩世界，在雨后新阳的辉映下，美轮美奂。

也许是昨天大雨的阻隔，也许是这里幅员辽阔，显得相对人稀，总之，看上去游人不多。为了遮阳，我在景点买了一把七彩伞，领着希希，漫步在这如画的世界里。希希在幼儿园里喜欢画画，今天看到这样绚丽多姿的七彩丘陵，自然是十分兴奋。她想知道，这石头为什么有好多颜色，她幽默地说，是谁有那么多时间，把这大地涂上彩墨。她不时地提出一些，让大人也找不到确切答案的问题。她问我，这石头怎么还有绿色的？哈哈！我真的不知道，我只知道红色的、粉色的和棕色的，是砂岩和砾岩里含铁元素，与自然界的空气结合，发生氧化，产生的颜色；白色的部分是层岩里夹杂着白色灰泥岩的原因。至于绿色，是否与锰元素有关呢，实在不敢瞎说。在大约 2 亿年前的侏罗纪，这里是一片汪洋，海底的砂岩、砾岩、黑色灰泥岩和白色灰泥岩分层累加，到了300万年前，造山运动使这块海底倾斜突起形成陆路，风雨浸蚀、磨砺经年，终于发育成熟，修炼成今天的七彩丹霞。这每一种颜色，每一种造型，都嵌刻着大地母亲化育变迁的神秘信息。

侏罗纪是恐龙的世界，它们一定曾经生活在这片海底世界之上，然而，现在却看不到丝毫踪迹。历史总会使一切消亡，又会有更高级的事物生成，一切有机的无机的都不可避免地进行着新陈代谢。无机的可以发展为有机的，有机的可以发展为有生命的，而生命又是什么呢？恩格斯说："生命是蛋白质的存在方式"，你的生命、我的生命、他的生命，都只是这个世界上蛋白质的生存方式而已，没必要把自己看得太重，更没必要把自己的生命托付给神灵。放眼望去，彩岩如涛涌，怪石似龟贝，这一切都不是真的，都是人们形象思维的产物。有了形象思维，大自然就更加神奇；有了形象思维，人们便有了诗情画意。

几天后，女儿用微信给我发来一幅画，是回到沈阳后的希希亲笔绘画的，简洁的构思、稚嫩的配色、粗犷的笔法，却把七彩丹霞的神韵绚然无遗。于是，我为小孙女的大作题诗古风一首：

戈壁藏神画，
起伏沙海崖。
雨霁舒望眼，
天地七彩霞。

张掖市七彩丹霞

彩图

（二）血映丹霞　西路军之殇

走出丹霞口，准备继续向西行进，回望丹霞丘陵，不无感慨。

七彩丹霞地处临泽县倪家营子乡，80 多年前，这里曾经发生过一场血战，红军西路军面对数倍于己的敌人，顽强战斗，视死如归，用鲜血和生命谱写了西路军慷慨悲歌的最后乐章。红四方面军两万多名将士，香消玉碎在河西走廊。这可都是经过两万五千里长征的战神级的精英，为了民族的解放，为了祖国的明天，魂萦戈壁，血映丹霞。在零下 30 多摄氏度的寒冬，穿着单衣的战士，在弹尽粮绝之时，手持大刀长矛，与马匪肉搏；疲弱的女兵，用石块、冰坨砸向敌人。文武全才的女将领张琴秋，战场临产，把刚刚出生的孩子丢在雪地里……何等的悲壮！我是一名医生，每当我听到产房里，传来婴儿的第一声啼哭，我内心里都会有这样的解读：他（她）笑了，在大笑！他（她）笑他（她）多么幸运，有缘来到宇宙极少能勃发生命的星球；他（她）笑他（她）面临着多么色彩斑斓的幸福的一生；他（她）笑他（她）一出生就将沉浸在大爱的怀抱之中……然而80年前七彩丹霞上洁白的冰雪绝不是温暖的棉絮，是死神铺开的冰冷的裹尸布。何等的悲壮啊，当年那婴儿撕心裂肺的哭声，那铁血英雄与敌人殊死搏斗的一幅幅惊魂的画面，已印刻在丹霞的石壁上，印刻在中国人的灵魂深处，任岁月流逝，永难磨灭。今天，我们在这里欣赏大自然的秀美山川，应该看到，革命先烈的热血在丹霞的节理间激荡，应该听见，革命先烈的雄魂在为新长征鼓动风帆。

从张掖到嘉峪关，要路过酒泉，我们在酒泉服务区停了下来，我给希希买了一桶玉米花，只花了10元钱。从这个物价可以看出，酒泉的生活水平应该是很不错的。这桶玉米花在以往去过的任何地方的服务区都远超10元钱。酒泉是我国的卫星发射中心，远远地望着酒泉市的轮廓，想着我国综合国力的发达。历史告诉我们，新中国的自力更生，今天的自主创新才是真正的富民强国之路。中国有自己的经济运行体系，有完整的工业、农业和金融体系，就不怕贸易战；中国有了自己的核工业体系，就不怕核威慑；中国有了自己的北斗系统，就不怕信息战。我们走的是自强崛起之路，而不是靠殖民、掠夺、侵略、扩张来发家。正义才是一把神剑，无往而不胜。

在中华人民共和国七十华诞之时，扬眉吐气的华夏子民，在举国欢庆之时，绝不会忘记用鲜血和生命打下江山的革命先烈。先辈们的不朽精神，永远是激励我们新长征路上奋勇前行的不竭的动力源泉。

向西路军致敬！

落梅风　西路军祭

长征鏖战难何多。
偏师会宁欣和。
振军二万越黄河。
渡劫波。

遍流戈壁青春血，
丹霞响彻悲歌。
杜鹃声切发新柯。
莫蹉跎。

嘉峪关

彩图

四、嘉峪关怀古

读小学时，课文上讲，万里长城东起山海关，西至嘉峪关。老师说，山海关离我们不远，过了东三省就是，嘉峪关可就远了，在祖国的大西边。同学们围在地图前，先沿着海岸线找到了山海关，然后向西查看，几处断续的长城过后，终于找到了嘉峪关。因为，小时候听过秦始皇统一中国的故事，也听过孟姜女哭倒长城的故事，就以为山海关、嘉峪关都是秦始皇时修建的。后来，又在资料上看到，这两座关隘都是明朝修建的，是明长城的起点和终点，嘉峪关比山海关早建了 8 年。再后来，有机会去了山海关，仰视了“天下第一关”五个大字，登上了老龙头，举目极远：好一座雄关，北依燕山，郁郁葱葱，东临沧海，浩瀚无际。其状其势，无愧雄关。这一次来到嘉峪关，看到城楼上写着六个大字“天下第一雄关”，比山海关的箭楼上多了一个“雄”字。雄在哪里呢，好好看看吧。

下午4点钟左右，我们在关前下了车。从东侧的光化门走进关城，东南角有一座楼台，面向正北，是一座戏台，正面壁上绘有八仙的人物画，两侧壁还有僧尼的画像，折射出古代军旅生活的文化氛围。再向里转行，可见一长和宽均为几十米的方形广场，四壁高约十米。这就是瓮城，外敌入侵，进门必经这里，仅有一处一米多宽的坡形马道通达城楼之上，这马道是为探马准备的，坡度和宽度只允许一匹马一鼓作气飞驰上去；楼上备有滚木礌石，一夫当关，万夫莫开。误入瓮城的敌人，只能是有来无回。登上城楼，就来到了关城的城墙之上，这城墙是嘉峪关的内城墙，其上有环墙通道，通道的两侧有一米多高的墙垛，行走在通道上，感觉空气清新，心旷神怡。这座关城的中轴线是东西走向的，有三座气势恢宏的城楼，自东向西分别是光化门、柔远门和嘉峪关楼。前两座是内城的东西两座门，后一座是西侧外城的城门楼。关城两翼延伸出城墙，北侧探入一条大河，南侧连接祁连山，过往行人必须从城门经过。出了柔远门就是外城，正西方是外城的门楼，门楼向着西方的门楣上写着“嘉峪关”三个大字。如果你是来自西域的友人，看见这三个大字，会感到中国的威严和强大；如果你是由西域归来的游子，看见这三个大字，你会感到祖国母亲的温暖；如果是觊觎华夏的外寇，看见这三个大字，就会望而却步，未战先虚。这就是嘉峪关的雄威所在。

关外与关内的景象迥异，虽是一马平川，但基本上是一片荒漠，疏生的小草，低矮萎黄，不能覆地。可以想见，这里曾是战马嘶鸣，黄尘滚滚的古战场。多少英雄豪杰，为了祖国的统一，华夏的安宁，鏖战疆场。卫青、霍去病、霍光，百战百胜，御敌千里，确立了大汉的神威；飞将军李广，军帐自刎，明誓效忠；中郎将苏武，出使匈奴，被扣押了19年，北海牧羊，持节不屈。正是这些民族脊梁，挺起了华夏大厦。还有多少不知名的士卒，苦苦征战，最终望乡飞泪，埋骨黄沙，国家的边防就是这些仁人志士血肉筑成。站在嘉峪关的城楼之上，怅望莽莽戈壁，由古及今，思绪万端，遂想起了几年前在博客上发表的一首曲子，就移来给此文作结吧：

折桂令　漠上叹

也曾经水碧草多。
走马河梁，
阴岭横戈。

苏武回鞭，
陵公别泪，
落雁吟哦。

元勋死功难盖过，
勇军殇长睡沙窝。
醒也蹉跎，
醉也蹉跎，
怅望山河。

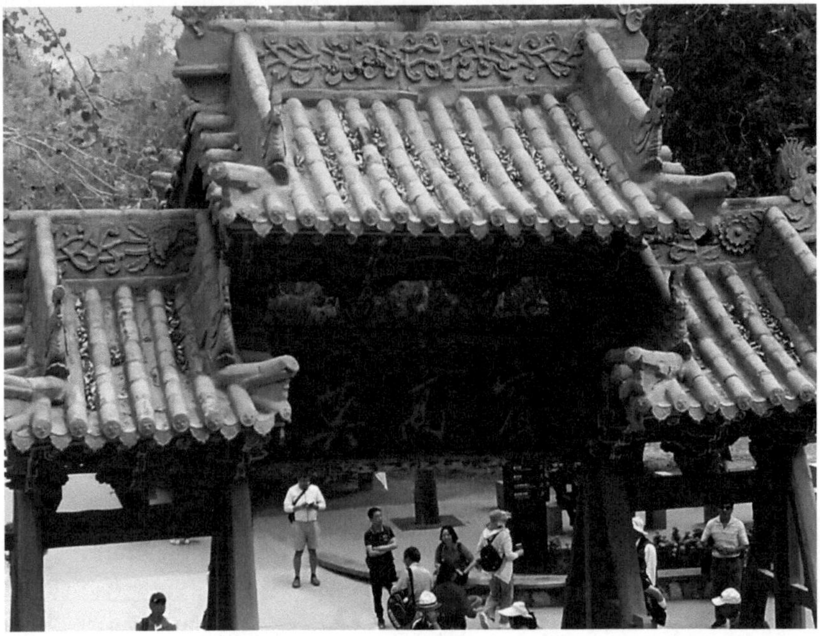

敦煌莫高窟 1

彩图

五、敦煌圣地

（一）文化一脉

近些年来，随着旅游业的日渐发达，到大西北旅游的人也日渐增多，身边有些朋友，早已到过这里，经常听他们谈及西北，描述最多的当属敦煌。大到莫高窟，小到李广杏；美到月牙泉，奇到鸣沙山。自然风光之秀丽，文化积淀之深厚，每每引人入胜，今天，终于来到这里，亲身感受祖国西北门户的风光与文化，心情自然舒畅。

中午，先饱餐了一顿烤全羊，品了黄河啤酒、酒泉陈酿。这里的羊肉的确独特，口感细腻，香味纯正，肉质松软而不失弹性，说白了，就是既不懈口，也不塞牙，满口溢香。之后，观看了介绍敦煌莫高窟的 3D 影片，对莫高窟的历史与现状略有感知。

午后，我们来到了莫高窟。

天气十分晴朗，湛蓝的天空上挂着几片淡淡的白云，大地的底色是土黄色，参差的树木用绿色摇曳着夏的韵律。

敦煌，虽然只是两个字，却包含着多民族文化的元素。古往今来，多少学者，对这两个字的出处进行了无数次的考证，有说敦煌即是敦薨的，证据是《山海经·北山经》中有“敦薨之山……敦薨之水出焉，而西流注于泑泽”。敦薨之水即是流经敦煌市的党河，泑泽即是罗布泊。有说敦煌是月氏语“都罗货”的译音，有说敦煌是吐火罗人的译音的，还有说敦煌是古羌人“朵航”的译音的。林林总总，莫衷一是。各家只是学说，并无定论。月氏人也好，吐火罗人也好，羌族人也好，都是中华大家族的成员，都是大中华文化的缔造者，敦煌文化作为中华文化一脉，必然有多民族文化的元素。敦煌二字，不管与哪个民族的历史有关，都是从民族更迭世事变迁中演变而来的，最终以敦宏辉煌之内涵的汉语定名。

莫高窟是敦煌文化的重要载体和标志，以绘画、雕塑、建筑等艺术表现形式，记录、接续、弘扬中华文明的历史发展进程；从藏经量之大，内容之广，折射出佛学移植、扬弃、创新，以及“释道儒伊”多元文化在此交融的历史。

时间是流动的，历史是流动的，文化是流动的。时间的流动是直线型的，历史的流动是波浪式、螺旋式的，文化的流动是四溢的，各种文化在四溢过程中，必然出现交融，产生更新的文化。佛学从陆路传入中国，第一站是敦煌以西的少数民族，鸠摩罗什佛界成名是在龟兹，后被吕光挟持到凉州，之后，又被转迁至中原。也是在这辗转的过程中，完成了 35 部经书的翻译工作，为佛学理论系统地传输到中国作出重大贡献。其实，佛教最早传入中国是东汉早期，汉平王刘庄派使臣沿着丝绸之路西行，在大月氏国找到了印度高僧，请到中国，历史标志性建筑是洛阳白马寺。佛文化是由西向东渐渐溢行的，其中一路是翻越喜马拉雅山脉，形成“藏传佛教”，自成一脉；另一路由大月氏，以及后来的龟兹，经敦煌传入中原的一脉，是我国信众最多的大乘佛教；而由海上经斯里兰卡及其他东南亚国家传入中国的一脉，则被称为“南传佛教”其教宗以上座部为主。由此可见，佛教文化并不是跳跃式来到中国的，它是先在我们周边民族落地生根，然后张力性四溢，最终融入汉文化的。

每一个民族，都有自己的文明主题。文明是棵大树，发达的根系深植于沃土之中，是苍松，永远是苍松，是翠柏，永远是翠柏，不会因为佛文化的传入，就变成菩提树；也不会因为西方文化的传入，就变成圣诞树。当然，可以不断地接收外来文化的元素，吸吮外来文化的养分，以修正和充实本民族文化的内涵，但是，主题是不会改变的。中华文明的主题是什么？就是毛主席所讲的——“环球同此凉热”。

莫高窟文化，是特定的地理自然环境下，特定的多民族交融的社会环境下生成的中华文化之一脉。

莫高窟位于河西走廊的最西端，是诸多游牧民族文化进入中原的门户。古往今来，各个历史时期，这些多元文化，对于中原政治、军事、意识形态都产生过深远的影响。西周变东周，就有西戎的军事助力。东周时期，中原文化自身也处于多元化状态，诸子百家并兴，最终以道教、儒教占据主流。而靠近西部的秦国，更多地接受了游牧民族的思想理念，要生存，必成霸业，如果处于附属地位，迟早必然灭亡。我年轻时读《东周列国志》，很不理解秦将白起坑赵卒 40 万的凶残之举。或者收编，或者释放，为什么要活埋呢？最近听老梁讲故事，宏达老师的解释，我觉得确有道理。军队的建制是根据战争需求而定的，突然增加 40 万，给养何来？异己之军入编，粮草不足，岂不军心大乱？放回去种田，又被赵国召回，重新披挂上阵，岂不前功尽弃？杀掉是最好的办法！这就涉及文化主旨的问题了，无论是佛文化，还是儒文化，都不会赞同采用这样灭绝人性的残忍手段。只有狼性思维的人才会干出这样的事。秦人本华夏一族，西据西戎数百年，不免吸收了西戎人的文化思想，学会了以夷制夷的招数，虎气狼风兼备。历史确有张仪献地之欺诈，白起坑卒之残忍，所以，后人说，秦乃虎狼之国，并非空穴来风。虎的霸气与自信，狼的坚韧与团队精神，是秦人的积极的一面，他们正是靠着霸气、自信、坚韧、团结，外加凶狠狡黠，灭掉六国，统一中国的。而要维系一个大国的统治，狼性文化作为指导思想肯定是不行的，所以，秦王朝仅仅维持了 15 年就土崩瓦解了。

汉朝伊始，恢复礼法，国家政治日趋稳定、经济日渐发展、民生得以保障，文化也随之发达。文景之治时期，国家主流意识是黄老之学，是兼容了儒、法、墨思想的道家学派。汉武帝时期，虽然倾向于儒学，但是，董仲舒的“罢黜百家，独尊儒术”的主张一时难以实施，一以贯之的道家思想，依然占据主流。道家也好，儒家也好，都是华夏文化的基本元素，是形成中华文明的奠基文化。以张骞西行为标志的丝绸之路的开通，佛教开始流入中原，为中华文明增加了外来元素。东汉平帝正式官方引入佛教，确立了佛教在中国的合法地位，这是后来生成的莫高窟文化的政治基础。

莫高窟的佛文化，成为缔结西戎各族与中原和睦关系的纽带，是河西走廊各民族多边关系文化的共识点。

中国四大石窟均建造于多民族政权更迭，文化大融合时期，由西向东依次是，莫高窟于公元366年开始建造，天水麦积山石窟建造于公元384年，大同云冈石窟建于公元460年，洛阳龙门石窟建于公元493年，先后延宕2个甲子。石窟建造的先后顺序与佛教传入的路径和速度有关。敦煌距离天水大约1400公里，莫高窟开凿18年后，麦积山石窟开始建造。敦煌距离大同和洛阳直线距离几乎相等，云冈石窟的建造时间早于龙门石窟33年。值得一提的是，洛阳白马寺建造400多年后，才建造龙门石窟。可以想见，石窟文化是以佛文化为主体，吸纳了多民族文化的中华文化的一个脉系，其文化包容性、艺术多样性烘托出这一文化的独有的辉煌与灿烂，并赋予该文化长久的生命力。五胡乱华，使大汉民族的人口减少过半，而石窟文化没有因之而破坏，相反，却在多民族政权更迭中，吸收了多民族文化的元素，更加富有内涵和生命力。

莫高窟等四大名窟先后建造，在时间的维度上，跨越两个甲子，在地域的经线上跨越了一个时区，构成了文化一脉。而莫高窟是这一脉文化的核心。莫高窟的艺术表现形式多样，内涵也最为丰富。

莫高窟的壁画深含着东方艺术之美。二十多年前，我去过西方，西班牙马德里王宫，大部分宫室的穹顶的壁画中，绘有飞神，男飞神体格健壮，肌肉线条明朗；女飞神硕乳肥臀，皮肤白皙；小天使胖胖乎乎，活泼可爱。诸飞神都有一个特点，那就是生着一双洁白的翅膀，卢浮宫的藏画也是这样。这些画全部出自名家之手，在我这外行看来，要是去掉翅膀，无论如何，也看不出它们是飞神，倒是像游泳的。而敦煌壁画的飞天，没有画翅膀，却一眼看出这女神是在飞，艺术家利用形体姿态，飘逸的裙带，游弋的白云，创造出飞翔的动感效果。折射出东方文化艺术的精美。

另外三座石窟和诸多不知名的石窟，基本上是以造窟和雕塑为主，而莫高窟除此之外，还有其他大量的艺术作品和文化收藏。无数修佛的人，在这里诵经、译经、传经；大量笃信佛教的人，出资开凿洞窟，成为这些佛文化的供养人。有的供养人留下自己画像、雕像，昭示他们敬佛的功德。从壁画、雕塑的形神来看，供养人来自多个不同民族，说明这里生活过的民族对佛教的信奉是真诚的，同时也反映了汉族人与回鹘、蒙古、西夏、吐蕃、于阗等民族的佛文化共融历程。窟藏的艺术品中，还反映了当时的农林牧副渔，手工业，丝绸之路，工商业等社会各界的发展状况。秘窟的藏经，竟然有5万多本。足以证明，佛文化在这里兴盛至极。

莫高窟见佛见性，说明了中华民族的伟大的胸怀，兼容能力！

莫高窟，我敬仰你！敦煌，我敬仰你！敬仰你不朽的中华文化一脉。

敦煌莫高窟 2

彩图

（二）国宝遭劫

意识形态领域里的冲突是不可调和的冲突。莫高窟创建 1600 多年，经历了多次民族政权更替，每次更替都是极其血腥的。但是，当政者都没有对其实施破坏，反而不断的为其“添砖增瓦”。这是因为各民族的意识形态是相通的，文化脉络是共融的，谁当权都是华夏的主人，而莫高窟是华夏的家产，都来修缮与拓展是顺理成章的事情。举善念，施善行，以求“世界大同”。莫高窟文化是中华文明的产物，也是中华文明逐渐形成的历史实证。就是这样一种伟大的文明，在 20 世纪初，却惨遭西方列强的近乎毁灭性的破坏。让我们看看当年的西方人，在敦煌都干了些什么！

英籍奥地利人斯坦因，在 1900 年至 1901 年间，第一次中亚“考古”（和田掠宝），切身体会到，中国西部历史文化底蕴丰厚，宝物遍地，简直是沙中埋金。于是，1906 年再次来到新疆喀什，并把魔爪伸向了敦煌莫高窟。

斯坦因第一次在中国和田掠夺泥塑、壁画、简牍等宝物之时，正是八国联军发动侵华战争导致中华民族巨大国殇之时。说来也巧，也正是这个节骨眼，敦煌莫高窟，5万多件唐代以来，近600年累积的经卷、织绣、绘画、拓本、佛像、木雕、彩塑、文本等宝物，在藏经洞里沉睡千年以后，突然被无意间发掘出来。这些国宝，在她最不该醒来的时候醒来了。随着斯坦因的出现，这批国宝与莫高窟的诸多壁画、雕塑，从此厄运连连。

如果说，八国联军抢掠国宝是明火执仗，那么，斯坦因攫取国宝，则是阴柔诈骗。

第一步，他假借唐僧取经历史段子，把自己说成是与玄奘同道而不同向的一次“取经”。当年中国僧人唐玄奘从印度取经回中国，这一回，斯坦因要从中国取经（唐僧遗典）回西方。把自己的行为提升到国家级别的文化交流层面。掌管莫高窟管理工作的王圆箓，是一位道士，对佛学一知半解，唐僧取经的故事，他是知道的。现在有外国人来中国取经，岂不乐哉！王道士中招了，当晚偷偷地将几本藏经递给翻译蒋孝琬，蒋师爷告诉斯坦因，这几本经书，就是玄奘手译本，极有价值。

第二步，斯坦因告诉王道士，这正是他要找的“唐僧遗典”，在王道士看来，“文化交流”有必要进一步展开，于是，他让这个“文化使者”参观了藏经洞里的洞藏，斯坦因用了7天时间，把洞中的经书、各种写本、佛画等宝物看了个遍，把他认为有价值的部分都挑选出来，准备带走。他有足够的信心能够带走这批文物，因为他感觉到莫高窟亟待修缮，需要钱。

第三步，斯坦因开始通过蒋师爷与王道士讲价，最终以30英镑的价钱买下了这些文物。斯坦因把这些文物分装了29个大木箱，其中包括九千多件经卷文本和500多幅绘画，件件都是珍贵文物。王道士或许明白或许朦胧，或许心头在流血，但是，他毕竟轻而易举地得到了一笔在他看来并不算小的资金，可以用来缓解莫高窟的困顿现状。

这批文物，最终运到了英国，存放在伦敦大英博物馆，连同在此前后从中国掠夺的其他文物，多达11604件。

我认为，不能将斯坦因的欺骗掠夺行径看作是个人行为，这是帝国主义国家侵略行为在文化领域的延伸。斯坦因来中国，是得到英国驻新疆喀什总领事马继业的帮助的，有了马继业为他选派的翻译蒋孝琬，他在敦煌莫高窟的欺骗行为才能够顺利得逞。

为英帝国主义的文化侵略作出的“贡献”，直到1910年6月得到了回报——他接受了英王授勋。授勋之后，斯坦因变本加厉，1913年第三次来到中亚，以野蛮的方式盗取壁画，他先将绘有壁画的墙壁从侧后方凿开，去掉砖木泥土等支撑物，再将壁画整张剥离下来，后面加软垫，平放在大箱子里。共剥下 11 张，分装在 6 个大木箱中。乌鲁木齐当局曾禁止斯坦因的所谓“考古”行为，但是马继业通过英国驻北京公使朱尔典，与亲英的北洋政府交涉，北洋政府电告乌鲁木齐当局，允许外国人考古，斯坦因大大方方地把偷骗的大量文物带回西方。这不是国家侵略是什么！

此后，西方列强把敦煌莫高窟当成了考古资源掠夺和文化侵略的靶地。

1908 年 7 月，又有法国人保罗·伯希和，来到敦煌，用 500 两银元（90 英镑）换去了 10 大车、6000 多卷写本，200 多幅画卷，还有其他宝贵文物。这批文物，一直存放在法国国家图书馆博物馆。

1911 年 10 月，日本人吉川小一郎打着“探险”的旗号，对莫高窟进行了“考察”，拍摄了一些极不专业的照片，并从日本国内又招来了另一个盗贼橘瑞超。橘瑞超在此之前，曾在欧洲会见过斯坦因和伯希和，从他们嘴里得知敦煌有宝贝。于是，才组团来这里“探险”。他们在王道士及其他僧人那里，用低价骗购了许多经卷写本和两尊唐代彩色佛塑，使莫高窟风物惨遭破坏。后来，这批文物，大部分运回日本，收藏在日本几家大型博物馆里，还有一部分文物，滞留在旅顺，没有带回日本，其中包括 600 多件敦煌写本。这些文物在新中国成立后收归中国国家图书馆。日本人的假探险真攫取，看似个人行为，实则是与西方帝国主义相互勾结，信息互通，同八国联军践踏北京一样，属于国际范围的文化侵略行径，十恶不赦！

曾在欧洲见到过斯坦因和伯希和所掠夺、盗骗的莫高窟文物的人中，还有一位美国“探险家”，他叫兰登·华尔纳。他深为曾是八国联军的一员，而未能瓜分敦煌文物而感到遗憾，甚至发声，这是美国的耻辱。于是，他在 1924 年和 1925 年，接连两次组团来到敦煌。第一次，他用胶布粘贴的方法粘走了多幅壁画，这个所谓的“探险家”“考古学家”，根本不懂得科学，采用这种粗俗低劣的攫取方法，造成文物大量破坏，粘起的壁画后期也变得面目全非。不仅如此，华尔纳还以极低的价钱骗买了二尊精美彩塑像，运回美国，珍藏在美国哈佛大学赛克勒博物馆。第二次再来敦煌时，准备盗骗更多的文物，但遭到了爱国知识分子和有良知的敦煌人民的监视和驱赶，未能如愿。

有学者统计，莫高窟的文物被西方人以各种手段大量猎取，堂而皇之地陈列在英国、法国、印度、德国、日本、土耳其等 10 多个国家的 30 多个博物馆里。

覆巢之下，安有完卵，莫高窟屡遭劫难，只是中华民族近代屈辱史的一个写照。以毛泽东为代表的中国共产党率领中国人民，浴血奋战，建立了新中国，中国人民从此站起来了；改革开放，国民经济快速发展，中国人民逐步富裕起来了；今天，中国人走科技兴国之路，国家日渐强盛。“我们中华民族有同自己的敌人血战到底的英雄气概，有在自力更生的基础上光复旧物的决心，有自立于世界民族之林的能力。”敦煌已不是当年的敦煌，莫高窟已不是当年的莫高窟，这里再也不是西方“探险者”觊觎之地，已经成为丝绸之路上的一颗璀璨的明珠，重新再现了世界多民族文化交融的盛况，再现了敦煌——中华文化一脉的勃勃生机。

以史为镜，可以知兴替，敦煌莫高窟的历史告诉了我们什么？

先进的文化是有着极强的生命力的。莫高窟始建于秦统一之后最为战乱的南北朝时期，这并不是历史的偶然。政权更迭，民族共生，信仰多元，导致文化共融更新，后来经历了 1653 年，最终形成以佛教为主流意识的，多重艺术表现形式的中华文化一脉。

佛教源于印度，是印度文明的支柱成分。中华文明的核心意识，本来源于儒教及道教，儒道佛相遇，很快相融，形成更新、更先进的中华文化。可见，敦煌文化的生成与发展，是有着文化大环境的，有着丰厚的文化土壤的。

莫高窟的洞藏里也曾发现过西方宗教的经卷和实物，如基督教之一派的聂斯托利教（景教）经文和十字架。这说明敦煌文化具有兼容并蓄的博大胸怀。但是，有着弱肉强食丛林法则血脉的西方文明，却没有因为敦煌文化的宽容而诚意并荣，反而给了敦煌文化以毁灭性的摧残。就在莫高窟遭劫的同时，1918 年，德国历史哲学家斯宾格勒撰写的《西方的没落》一书问世了。他认为，文明是有周期性的，西方文明到了该没落的时候了。他创立了“文化形态学”，试图用规律来证明西方没落的必然性。比照在此之前的马克思的论证缺乏深度，资产阶级造就了自己的掘墓人——无产阶级，最终，这两大对抗阶级，将连同西方文明一起消亡。时隔百年，西方社会虽然依旧强势，但是，在意识形态领域里，西方的所谓文明，在全世界人民的心中渐渐地黯淡了，人们越来越清醒地看到帝国主义的强权政治，霸凌主义挽救不了他们的颓势，建立在私有制基础上的西方文明，真的即将走向没落了。而以敦煌文化为代表的华夏文明，经历了近代的历史阵痛，日渐复兴。实践证明，中华文明一定会通过共筑人类命运共同体的不懈努力，走向复兴。

敦煌鸣沙山月牙泉

彩图

（三）沙山月泉

黎明前落过了一阵细雨，把敦煌沐浴一新，正南方的鸣沙山好像拉近了好多。太阳刚刚跳出地平线，温和的阳光平射在鸣沙山上，一片耀眼的金黄。我们乘车来到山脚下，与山色相映的是一排粗壮的黑杨，盈盈的树冠，在20多米高的空中，张扬着它们的翠绿，微风拂过，树叶抖着银光，沙沙细语，传递着生命的蓬勃。树下有一条小路向西北方向延伸，几百米处，有一座岩峰，突兀而立，上有几株矮小的乔木，弯曲的树干，擎着伞一样的树冠，或嫩绿，或鹅黄，环抱着一幢别致的楼阁，从楼阁拾级而下，便是一汪清潭。这清潭的水面有六七亩大小，有一大一小两个弧形的边，连接成一个月牙形，这就是著名的月牙泉。

鸣沙山与月牙泉的美，在于有机世界与无机世界的强烈对比和亲密和谐。

一提起沙漠，人们用的修饰词多为“荒”字，如“荒沙”“荒漠”，因为在这里极少有生命在活动，就是一个无机质的世界。除了地下资源以外，几乎不能为人类提供任何有利于衣食住行的生活必需品。绝大部分的沙漠给人们带来的只有沙尘暴，再就是旅途的阻隔。鸣沙山地处塔克拉玛干沙漠与巴丹吉林沙漠的过渡地带，塔克拉玛干沙漠就不必多说了，单是巴丹吉林沙漠就够令人烦恼的。沙子里含有大量的微尘，顺着西北风飘向中原。鸣沙山就不一样了，沙质纯净，都是比重较大的颗粒，不易远行，对周边环境不构成污染，就是她怀抱中的月牙泉，也不见飞沙落下，所以潭底高度不升，泉水清净无污。许多女性游人躺在沙地上，摆出不同的姿势，照相留念；希希玩得更是高兴，趴在沙地上用小手挖沙洞。她们起身时，抖一抖衣服，沙子就脱落了，不留污渍。我弯腰抓起一把沙子，仔细看来，并非一码黄色，主色调自然是黄色，还杂以红白蓝黑诸色沙粒。沙子的基本结构是二氧化硅，一旦含有其他元素，接受的光波波长就不一样，就可以呈现出不同颜色。

我手里攥着沙子，举目张望沙山，思考着沙山鸣响的原因。我先前查阅过一些资料，关于沙山为何发声的说法很多，不外乎电荷说、共鸣说、碰撞说和吐气说。我的物理学得不好，但还是有一点个人的想法，觉得这声音的产生可能是以上诸因素的综合结果。宇宙是运动的，沙粒也是运动的，沙粒的内部结构在运动，外形也在持续氧化过程中不断变形，沙山的所有沙粒都在运动、变化，随着外界温度的变化，地下水源的丰沛变化，沙粒间的气流量也在变化，这些都可造成沙山内部的压力阶差不平衡，沙山整体在运动，运动产生摩擦，摩擦产生声音，声音可以产生共鸣，共鸣可以使声音放大，声音的频率越接近，就越显得悦耳，形成乐音。这是我学了别人的东西，自己在这苦想，距离科学家的想法或许相距甚远，这不重要，重要的是，人生在世，一定要有自己的想法，哪怕是错的。

月牙泉在鸣沙山的怀抱之中，她不仅仅是一潭静水，一点绿色，她呈现给世人的是一片无机世界之中生发出来的有机世界，沙山月泉同台演出了亿万年的历史穿越剧，令人们赞叹不已。从无机世界到有机世界，从无生命活动到水草丰茂、鱼翔浅底，多大的历史跨越，同时映入游人之眼，人们感受到了对比之美、穿越之美，和谐之美。这便是沙山月泉之美。

鸣沙山与月牙泉的美，还在于欣赏者的心境和人文活动的参与。鸣沙山的沉寂与月牙泉的静谧，蕴含着和谐的自然之美；莫高窟的洞藏艺术与多民族文化交融，彰显着中华文明的博大精深。沙山月泉和莫高窟是敦煌的两颗耀眼的明珠，相互辉映，构成敦煌文化的自然美与人文美的不朽元素。

没有人文关怀的自然景物，是孤独的；没有自然景物的人文渲染是虚幻的。沙山月泉不知孤独了多少万年，到了汉代，有了张骞出使西域，有了丝绸之路，敦煌崭露头角，鸣沙山有人仰视，月牙泉有人观鱼，洞窟出现了，彩塑出现了，壁画出现了，佛教兴盛了，驼铃声渐行渐远，诵经声渐行渐近，物质流与意识流日渐通达，文化一脉形成了。然而，这一切只是构成了敦煌文化的初级阶段，时至今日，新的历史时期，新的预期目标，将赋予敦煌文化更加崭新、更加现代的内涵。

昨天刚到敦煌，在还没有参观文化景点之前，我们先走进了敦煌莫高窟数字展示中心，利用20分钟的时间观看了循环播放的介绍敦煌莫高窟历史文化背景的主题电影《千年莫高》和展示精美石窟艺术的球幕电影《梦幻佛宫》。这两部电影借用高科技手段展示数字敦煌，虚拟洞窟，为下一步参观莫高窟作了预习，对深刻了解莫高窟的起源、发展、遭遇，起到了事半功倍的效果。昨天傍晚，在鸣沙山下，观看了大型沙漠实景戏《敦煌盛典》，且不说剧情如何，单就其舞台艺术形式，足让人饱享艺术盛宴。以实景为背景，360°旋转看台，四面八方都是舞台。第一幕时，观众面南背北而坐，舞台在正南方的鸣沙山脚下。第二幕以后，舞台移至东南方向，继而是正东、东北东方向，背景是用灯光艺术虚构的“莫高窟”。容纳1000多人的观众席整体逆时针旋转，适应舞台位置的转换。到了正北方向时，舞台移至室内，观众席整体向北方室内直行，人们近景享受模拟莫高窟的高雅艺术，飞天之悠然，佛祖之慈祥，群星之璀璨，日月之辉煌，入眼入心，十分震撼。此后，舞台又移至西方，观众席又移出室外，空中映现出高大的佛祖，佛光四射，如幻如真。在毫无实物背景的夜空中，幻变出这样逼真的物象，非高科技实难完成。

敦煌文化作为一种文化形态，发展至今，不可能一成不变，必然从低级走向高级。古老的壁画、彩塑、藏经，代表着先前时代的高超的文化艺术造诣，或者是她只代表敦煌文化的过去，而现在所看到的数字展示中心，全景互动大戏，则代表着今天敦煌文化的先进性。当然，古老的敦煌文化是基础，是主题。

中华民族正在以其坚强的意志，不忘初心，砥砺前行，致力于中华民族的伟大复兴。作为丝绸之路的“老道床”，河西走廊将成为先进文化输出与交流的金光大道，作为河西走廊的西端门户，敦煌将以更加敦厚辉煌的文化光耀四方。

敦煌莫高窟 3

彩图

（四）义复河湟

来到莫高窟第 156 号洞窟，窟内有一幅壁画，画的是《张议潮出行图》，这幅壁画是莫高窟数万幅壁画中为数不多的非佛教内容的壁画之一，却有着重大的历史人文价值。关于张议潮其人，一般民众知之不多，但在史学界，他被认为是对中华民族有着突出贡献的铁血英雄。

洞窟里的光线是微弱的，画面折射出的历史之光是透目明心的。看到这幅画，不由人不思考大唐兴衰始末，不由人不思考，为什么毛主席说，人民群众是创造历史的真正动力。

任何一部艺术作品，都不能简单地作为单纯的艺术品来欣赏，够得上艺术的作品，贵在其内涵。与这幅画同样具有厚重历史感的还有一部作品，杜牧的诗：

元载相公曾借箸，宪宗皇帝亦留神。
旋见衣冠就东市，忽遗弓箭不西巡。
牧羊驱马虽戎服，白发丹心尽汉臣。
唯有凉州歌舞曲，流传天下乐闲人。

这首律诗，题名为《河湟》。河，就是黄河，湟就是湟水，黄河的支流。河湟泛指河西陇右地区，主要是指河西走廊。

多少年来，我们都以曾有过大唐时期的辉煌为荣。的确，唐朝在安史之乱以前，综合国力十分强大，经济繁荣，文化昌盛。但是到了安史之乱以后，国家政局动荡，政权内部存在水火难容的朋党之争；中央与地方矛盾深化，藩镇割据不断；宦官势力大增，可以左右朝廷；四夷乘虚作乱，伺机而入。尤其是地处华夏西南部的吐蕃人，于公元 781 年攻占了沙洲（敦煌），并在沙洲推行奴隶制，杀人无数。曾经是融通中外的繁华都城，一时间变得暗无天日。曾经扬眉吐气的敦煌人，一时间变成任人驱使、任人宰割的牛马。方兴未艾的敦煌文化，惨遭践踏，无论出身于什么民族，都必须身着胡服、口说胡话，被迫接受半农耕半牧业的吐蕃人的农奴意识。日渐繁荣的丝绸之路也就此衰落。

唐宪宗时期，朝廷侧重削藩，宪宗李纯虽然也有心收复河湟，但因国力日衰，兵力不足，无暇顾及，最后连自己的性命都没能保住，被宦官所杀，含恨入墓，空遗弓箭。代宗时重臣元载，在敦煌军民孤军守城之时，也曾经学着张良向皇帝献策，重视河西。但是，就在敦煌失守 3 年前皇帝责令其自杀，到阴曹地府里去会晁错了。敦煌军民饱受 11 年战争之苦，得不到朝廷的援助，终因寡不敌众，沦为农奴。

敦煌城破 60 多年，民众忍辱屈从，但内心一直把自己看作唐民，图日复归。而朝廷上下忙于党朋之争，弑君的弑君，夺权的夺权，贪腐的贪腐，享乐的享乐。至于河西之事，他们所关切的只有凉州歌舞而已。

杜牧的这首诗直言实写，毫无夸张。

网上播放王立群教授解析温庭筠的《菩萨蛮·小山重叠金明灭》的视频，市文联工作群里有诗友谈论感想，我索性步其韵习和了一首，在群里征求诗友们的意见，大家也就是点了几个赞。今天来到莫高窟，看到了张议潮的画像，想到了杜牧的诗和温庭筠的词，以及我曾经学着和的那首词。现在不妨把温词以及我的习和之作抄录下来：

菩　萨　蛮

温庭筠（唐）

小山重叠金明灭，
鬓云欲度香腮雪。
懒起画蛾眉，
弄妆梳洗迟。

照花前后镜，
花面交相映。
新帖绣罗襦，
双双金鹧鸪。

菩　萨　蛮

孙晓光

角楼昨夜狼烟灭，
银盔三寸残更雪。
冰凝卧蚕眉，
东君何顾迟。

风磨沙海镜，
曾梦妻容映。
怜我换新襦，
胡杨起鹧鸪。

注：赏读温庭筠《小山重叠金明灭》步其韵习和之。

温词描写的是一位孤独慵懒的少妇，晨理之后，望着短袄上的一双鹧鸪，思念远方的心上人。于是我虚拟了一位在边关站岗的戍卒，头顶三寸夜雪，满面冰霜，期待着东方的太阳快点出来。恍惚间，似幻似梦，爱妻来到边关，月牙泉的冰面上映现出她的娇颜。爱妻为他换上了新棉襦，他似乎看到了春天的来临，看到孤傲的胡杨树上飞起了一双鹧鸪。当时我写这首词，只是想，对应温词里的故事，渲染同一大环境下，不同人群的不同生活状态的对比反差；边关将士期待着国泰民安之日的早些到来，期待早日归故里，与其爱妻共享家的温馨。

温庭筠写这首词的时候，正是张议潮收复河湟的时候。由于黄河两岸音信难通，河西战火纷飞，硝烟弥漫，而河东则事不关己，歌舞升平。由此看来，杜牧没有说错。

“哪里有压迫，哪里就有反抗。”公元 848 年，敦煌人张议潮，集结各路英豪，突发起义，一举推翻了吐蕃人的统治，结束了 60 多年的非人生活。起义军为了向朝廷表示忠心，派 10 路信使入京报信，只有高僧悟真一路于 2 年后曲线达京。朝廷已几十年无力收复敦煌，犹如一个弃儿，早已音信全断，突然接到战报，喜出望外。封起义军为“归义军”，封张议潮为沙洲防御使，后改节度使。归义军继续扩大战果，三年时间接连收复了除凉州外的 11 个州郡。张议潮的哥哥张议谭入京报喜，同时恳请朝廷派正规军辅助归义军收复所剩失地。朝廷加封了张氏兄弟，鼓励归义军继续战斗，留下张议谭在京为质，却不派部队助战。861 年，归义军终于攻克凉州，全面收复了河湟。此后，张议潮率领归义军继续屯垦戍边，867 年张议谭逝世，张议潮为显示对大唐的效忠之心，入京继其兄为质。872 年，74 岁的铁血英雄张议潮在长安终老。朝廷为表彰他的功勋，赠官太保，追列三公。

查了一下大唐年表，悟真和尚抵京之时，正是杜牧辞世的前一年，公元 851 年，杜牧已经从南方回到京城，就任吏部员外郎，他应该在第一时间获得战报，不知他是否又作了新诗，与前诗呼应。

张议潮作为吐蕃人奴役下的一介草民，敢于挺身而出，举宗族之全力，统千百壮士及农奴，在未得朝廷一兵一卒之助力的情况下，赴汤蹈火，血战沙场，光复沙洲，光复河湟，使饱受奴隶制压迫的千百万各族人民回归大唐，同时代者，无人能出其右。

晚唐之前，吐蕃实行的是奴隶制，公元 9 世纪，才过渡到封建制，但仍保留农奴制，直到成立中华人民共和国，西藏解放后，农奴制才告结束。张议潮推翻吐蕃的统治，使河湟地区从奴隶制中解脱出来，是一场伟大的革命。张议潮赶走了吐蕃统治者，并没有对吐蕃人给予虐待，而是予以宽厚的容纳，在最后攻克凉州时，7000 士卒中有接近一半是吐蕃人。张议潮光复河湟的英雄壮举，永彪史册。

黄河从巴颜克拉山出发，九曲入海，孕育了华夏文明。黄河及其支流湟水、大通河，在流经青海、甘肃地域时，润泽了这一方土地，育化出具有多民族文化的特殊文化形态，即河湟文化，敦煌文化是其最具代表性的骨干组分。随着黄河的继续东下，又分别形成了河套文化、中原文化和齐鲁文化。可以说，张议潮收复河湟，使河湟文化不但没有出现像发源于两河流域的古巴比伦文化那样的断流，反而更加走向辉煌，继而成为当今“一带一路”上的耀眼的明灯。

沉睡的土地，一层一层地浸透着历史的血雨腥风，你该读懂这厚重的史书。

沉睡的大地，有热流在涌动，远处的浮光是大地升腾的汗蒸，蒸向蓝天，蒸向太阳。

满江红　敦煌

风住云闲，
晨曦里、沙山蒸瀚。
有行僧、登峰东望，
佛光浮现。
从此敦煌香火旺，
洞龛彩塑藏经卷。
遍河西、融释道儒伊，
文明灿。

经幡近，
驼铃远。
丝绸路，
情难断。
多族和千年，
月牙泉畔。
近代惨遭西鬼毁，
如今国运终翻转。
炎黄鼎、恰砥柱中流，
全民捍。

黑龙江省大兴凯湖 1

彩图

第二篇　五月兴凯湖

如果说，大兴凯湖是一个胸怀博大、热血激荡的处子，那么，小兴凯湖就是一个平静无澜，柔情蜜意的少女。闸门的南面是风声涛声，不绝于耳，闸门的北面则是百鸟争鸣，婉转动听。

湖畔蒲公英

彩图

一、道听途看

汽车在平直的湖岗上匀速行进，太阳的光芒从正西方平射过来，真正的金色，扑在车子的后风挡玻璃上，然后散射到车厢内，光线变得十分柔和，车子里像点亮了淡黄色的灯，忽明忽暗。路两旁高大的树木渐次向后移去，树冠相对交织，罩于车顶之上，构成一条百公里长的绿色长廊。

这是一辆长途公共汽车，车厢里坐满了人，过道上一顺排着三个大包裹，上面坐着几个女人和孩子，是包裹的主人主动让他们坐上去的。

我和爱人是临时动议到兴凯湖旅游的。

今年的端午节，单位放了四天假。第一天早上，我们像往年过端午节一样，到小镇周边的野地里采了一些艾蒿，回来路上，在路边小摊位上买了两串彩纸做成的葫芦，到家后煮了一些茶蛋、粽子，算是过节了。晚上接到宝清县一位朋友的电话，说是病了一个多月了，省内大医院都看过了，诊断不清，治疗无果。她那低沉并时而断续的语音透着焦急与无奈。我了解完病情后，考虑她是“心脏小血管病”，她的胸闷、气短、不定时的心前区隐痛等症状，应该是心脏冠状动脉所属的小动脉粥样硬化，伴阵发性痉挛，导致小血管横截面积减少，微循环灌流不足引起的。我答应明天给她送药过去。宝清到兴凯湖，从地图上看应该没有多远，于是我和爱人决定，第二天去宝清看朋友，然后去兴凯湖看看。

从友谊县到宝清县有两条路：一条是国道；另一条是通乡公路。公共汽车走的是通乡公路，路程短，一个多小时就到了。朋友在车站迎接我们，她听了我对病情的进一步解释，心情好多了，我向她交代了药物的使用方法，又互道珍重后，就乘车直奔密山市。

汽车颠簸了将近 5 个小时，才到密山，下车后，我们先到裴德医院看望十多年没有见面的哈医大同学谷雨。毕业那年我们制作的通信录，打印的通信方式都是座机号码，早已升位多次了，所以，彼此音信不通，现在只好到单位里去找。医院病理科的值班医生告诉我，谷雨现在是主任，并把他的手机号码告诉了我。谷雨在省城哈尔滨接到了我的电话，异常兴奋，说今天晚上就返回密山，让我等他。他正在办理出国手续，准备到日本看望在那里学习的爱人。我告诉他我出行的时间太短，就不在密山逗留了，后会有期。

经密山客车站的服务人员指点，我们买了密山到兴凯湖农场方向的车票。发车时间是下午 3 点 30 分。正在候车期间，忽然一个留着小胡子的瘦高个子的中年男子出现在我的面前……

“张建国，老同学！你怎么知道我在这？”

“谷雨告诉我的，你来了就不能走，今晚我招待你，明天早上谷雨到家，我们好好聚一聚。”他说，他现在也在裴德医院工作，是放射线科的医生。

读大学时，我遇到过一件难事，他曾经帮过我的忙。今日见面，倍感亲切。我把他介绍给我的爱人。爱人向他讲清了我们此次出行的目的是要浏览兴凯湖，能在这里相见，很高兴，欢迎他和谷雨到友谊去做客。今天的车票都买好了，只好就此告别了。说话间，就要发车了，老同学只好依依惜别了。

临上车前，我问车站的服务人员，我们到哪里下车为好，穿制服的工作人员热情地告诉我们，兴凯湖的旅游点很多，鲤鱼岗是必游之处，在鲤鱼岗下车最好。

我望着车厢过道里的三个大包裹，觉得不像是小商贩倒的货，否则他不会让不认识的人坐上去。后排座位上有几个人在闲聊，是在谈天气，说湖面的风太大，渔民下不了湖。旁边一个 30 岁左右的女人在不停地打电话，诉说自己的病情，前边坐着两个中年男子，偶尔说几句话，显然不是一个地方的人，但能听出他们对这一带很熟。于是我就主动与其中一个较爱说话的人搭上了话，想让他帮我参谋一下，我们这几天的旅游怎样安排才算合理。

这位老弟很是坦诚，告诉我，他姓马，在兴凯湖农场经营一个五金商店和一个小旅馆。我问他，鲤鱼岗还有多远的路程，他不赞成我们在那里下车，原因是那里的两端都有观光景点，不好选择第二天的行程。再者说，目前还不是旅游的旺季，湖岗的杏花已经开过了，洗浴踏浪要等到七八月份天热时才行。现在基本上遇不到游人，鲤鱼岗的住宿怕不好解决。他建议我们再补两块五毛钱的车票，随他到农场场部。那里与俄罗斯只有一河之隔，大片的湿地和水鸟可供观赏。明天早上有各种车辆到湖岗，一站一站地往前倒，可以游得更尽兴。

聊到这里，包裹的主人发话了，兴致勃勃地向我们介绍湖鱼的种类，价位以及怎样烹制，并教给我们湖鱼与养殖鱼的辨认方法，说这几天要下雨，湖面风特别大，他们都不敢下湖捕鱼。兴凯湖的白鱼最有名，特别鲜，170 元一斤。但养不活，出水就死，你们这几天肯定吃不到了。原来他是一个地道的渔民，那三个大包裹是他新添置的渔网。

汽车继续前行，太阳的光芒渐渐地淡了下去，因为她遇到了积云和树冠的双重阻隔，一时也追不上我们了。当汽车驶出湖岗，进入一片沼泽地带时，夕阳的返照突破云霞，平铺在绿草白水上，大大小小的水鸟在半空中穿梭盘旋，三三两两的白鹤，立在塔头墩子上，像雕塑一样动也不动。大片的蒲草，托举着或黄或白的花朵在微风中摇曳，嫩绿的蒲草，朝着一个方向轻轻点头。绿浪起伏，白浪依稀，星星点点的小船，停泊在柳林旁，几个渔民拄着木棍在草地里行走。于晚霞相对处，水天一色，轻烟徐蒸，隐约间有一长排高低错落的楼群在水光之上闪现，这就是我们今晚的宿地——兴凯湖农场。

不觉半秋龄，
闲来兴凯行。
晚霞相映处，
春韵漫新程。

黑龙江省大兴凯湖 2

彩图

二、双湖掠影

“大旱不过五月十三”，已经是农历五月初七了，三江平原的大部分土地还没有下过一场透雨。今天早上，老天终于有了表示，在太阳还没有升起的时候，就把大块大块的积云摆在天空中。这些云块渐渐地舒展融和，絮成一床厚厚的棉被，把大地罩得严严实实。这被子很像早年反复浆洗过的旧“麻花被”，有的地方浅蓝，有的地方淡白，有的地方深灰，有的局部还保留着凤尾样或菊花样的图案。

大兴凯湖就像一面晃动的镜子，把聚拢了的天空全部收容，但那湖面上呈现的蓝白灰三色可不是天上移云的倒影，而是激荡不已的湖浪。此时的湖面与天空的景致、色彩是那样的兼容和谐。

一条用各色石块堆砌而成的小路，像一只长长的手臂，一直伸向湖里，那手臂的尽头托举着一个六角形的画亭，在漫天水汽中悠动。这石路宽不足丈，出水尺余，湖浪从两侧不断地冲来，路石尽被打湿，偶有低一些的石块，上面浮动着一层薄薄的湖水，这才让我们看清楚这些石头的美丽花纹。据说兴凯湖的地质形成年代久远，这里的石头种类也多，包括玛瑙石、鸡血石等名贵石头都有。我认识的石头不多，只认得两种。浅色有花纹的是花岗岩，黑色有气孔的是玄武岩。这两种石头都属岩浆岩，花岗岩是在地下压缩而成，玄武岩则是岩浆喷出后，在地表流动时冷却凝结而成的。我在五大连池见过大片的玄武岩，大到无边无际，那就是凝固了的黑色的海洋。

石路的远三分之一段，有一个人在走动，我用摄像机把他拉了过来，这是一位中年男子，脚上穿着一双黑色雨靴，身着一件深灰色的雨衣，湖风把他的雨衣灌得鼓鼓的，黝黑的面庞透着沉稳与自信，手里在摆弄着什么。他的身旁斜插着一根鱼竿，再向远望去，是一排鱼竿，沿着石路向湖心方向一字排开。

渔，这最原始的满足人类生存需求的手段，直到今天依然在满足着人们精神和物质需求。也正是这些最原始地体现着人的类本质的自由自觉的非异化的劳动，才是创造人类最终极目标——回归人性自然的必由之路。

我在绵绵细软的沙滩上捡到一条银白色的小鱼，是昨天夜里被湖浪拍到岸上来的，湖浪留下了它的形骸，却把它的灵魂带回了湖里。我把它托在手中，快步向钓鱼人走去。我的直觉是对的，钓鱼人告诉我，这是一条没有长大的兴凯湖白鱼。

因为怕下雨，我们俩一清早就赶到这里。这里是湖岗最窄的地方，大、小兴凯湖相隔仅有十余米，一道人工闸门将其分开，形成了湖岗最东边的游人毕至的景点——“第二泄洪闸”。刚才看到的石路就是从水闸门的南侧堤坝向湖内延伸而成的。有趣的是，俯瞰闸门的精巧设计时，竟然发现小兴凯湖的水位要高出大兴凯湖一米多。

大、小兴凯湖原本是一体的，形成于6500万年前的古近纪，也就是新生代的第一纪。当时，地壳运动频繁，时有火山爆发，兴凯湖就是火山爆发时地壳下陷而形成的。大约过了20万年，湖水逐渐回落，以至于在北侧1/3处露出一道东西走向的隆起，把湖水隔成两半，南侧较大的部分叫大兴凯湖，北侧较小的部分叫小兴凯湖。由于两湖接收的水源不同，水位也不同，小兴凯湖的水位偏高，遇有大降雨量期，为防止湖水泛滥，可以通过闸门将小兴凯湖的水泄入大兴凯湖。这几天是贫雨期，闸门是关闭的。再过几天，风季过后，将进入多雨期，那时，闸门将是开放的。

如果说，大兴凯湖是一个胸怀博大、热血激荡的处子，那么，小兴凯湖就是一个平静无澜、柔情蜜意的少女。闸门的南面是风声涛声，不绝于耳，闸门的北面则是百鸟争鸣，婉转动听。沿着逐渐增宽的湖岗的北岸，走进一片芳草地，矮的有乌拉草，高的有芦苇，不高不矮的有大叶樟、小叶樟。不时地有鸟儿从脚下飞起，离岸不远的湖面上漂泊着几条无人驾渡的小船。不知是湖水的映照还是老天的安排，极远极远的西北天边的云变成了一线白色，而且还透着一些蓝。渐渐地，这一线白云在向上扩展，水天相接处，露出了湛蓝湛蓝的天。

千顷细波腾，
天低云不行。
长竿垂瑟线，
石径卧摇舭。
岗上莺啼婉，
闸门涡浅清。
双湖何惬意，
五月看潮生。

彩图

兴凯湖麻鲢鱼

三、湖岗渔家

湖岗是大兴凯湖湖浪长年冲击湖底细砂堆积而成。砂细如石粉、散净绵柔、若白若黄，像一条长长的绢带，上面画满了林木、碧草、飞鸟、人家。

我们在第二泄洪闸见到了一位管理人员，不足30岁的女青年。听说她会烤鱼，就让她生火烤几条我们尝尝。刚刚烤好了几条麻鲢和狗鱼，又跑来了5个小青年，大半个上午了，就来了我们7个游客，这邂逅也是缘分，大家就挤在仅有的一张小桌旁围坐下来，喝着啤酒、吃着烤鱼、拉着家常，又一起拍了一些纪念照片，那管理员只顾着给我们烤鱼，也忘了看过往的客车，上午向西行驶的客车已经没有了。茫然之际，过来一辆蓝色小面包车，管理员立即招手让车子停了下来。开车的是一位渔民，答应把我们俩带到下一个景点——鲤鱼岗。上了车才发现，除了正驾、副驾两个位置外，所有的座位都撤掉了，那小管理员真是个好人，递上来一个小马扎，让我坐下，车子在接连的再见声中缓缓地向西驶去。

我从倒车镜里看过去，这位渔民朋友有50来岁，黝黑的脸膛隐着一点深红，眼角的鱼尾纹真的很像鱼尾，白色的线条深刻清晰，一直伸展并融入花白的鬓边，两只眼睛不眨不转地盯着前方，脖子和胸骨上窝像醉了酒一样红，握着方向盘的两只大手格外的粗壮。听口音就可以知道他是这里土生土长的人。的确，他的家就在鲤鱼岗，祖辈都在这里以打鱼为生，这几天湖面风太大，下不了湖，就跑一些零活。谈话间，他得知我是医生，便对我说起了她爱人的病。到过附近几家医院，说法不一，没明白是什么病。他希望我能帮他个忙，到他家给看看。还没等我说话，夫人就答应了他，并说我是主任医师，还享受政府特殊津贴，保证能给看对。我和他互通了姓名，原来都姓孙，于是就开始称兄道弟了。二十几里的路车子很快就到了。

这里为什么叫鲤鱼岗，没有来得及问。我想可能这里是捕鲤鱼的最好地方，或许是这里的地形像鲤鱼的样子。但是有一点可以肯定，这里的湖港比较宽，可供渔民集中居住。他们家就在路边上，车一停就可以进院子了。家里有两个女人在忙活计。大兄弟进院就喊："我给你请大夫来了，这回好好看看吧！"两个女人同时转过头来，年轻一些的应当是他的媳妇，忙说："快进屋里坐！"年老的不知是他们俩谁的妈妈，也跟着我们进了屋。

进了门，有点感觉像是我 20 多年前的家，典型的东北民居。一进房门就是厨房，锅台和里屋的炕相连，做饭时，灶下的火驱着烟循着炕洞迂回一圈后经烟囱排到天上，炕面总是热的。火炕在里屋的北面，地当中有一个圆桌，上面放着一个柳条编制的簸箕，里面装满了红红的湖虾。因为是熟的，可以闻到淡淡的香味。老大娘坐下来选虾，我就在沙发上为孙老弟的媳妇诊病。

先问了问她的基本病情，了解一下最近检查过的相关资料，因为没带听诊器，就只能运用我懂得的些微中医知识了。她的脉细、数、弦、弱，舌红少苔，面色恍白，十指微颤，焦虑易激。年龄 46 岁，经少多块，时间延后。症属肝肾阴虚，肝阳上亢，脾运失充，心阴不足。女人到了更年期，会出现阴阳失调。肾为先天之本，这时元气耗竭。肾主水，肾阴虚时，可出现经量减少，伴有黑色血块；肾属水，肝属木，水不能养木，肝阴也虚，阴虚则阳亢，可出现情绪激动、易怒，血压升高，头晕头痛。肝属木，脾属土，木盛则克土，肝阳上亢可以伤及脾胃。脾统血，脾虚则月经失调；在肾元近枯的同时，脾运化、输布营养到全身的能力再减弱，必然导致心阴不足，心阳上亢，表现为脉细数，舌红少苔，面色无华，心慌气短，焦虑失眠。病人心阴虚是标，肾阴虚是本。我给她写了一个丹栀六味地黄汤加减，并平肝阳，补心阴的药方，介绍了一些更年期应加强的保健知识，又嘱咐孙老弟几句用药的方法，然后起身准备告辞。夫人拿出 10 元钱，说这是上车时讲好的路费钱，一定要给。孙老弟非但说什么也不要，还给我们装了两袋湖虾，说这是选好了的，和旅游点上卖的不一样，又大、又香、又嫩。接着又让媳妇去做饭，非要和我喝两盅，我也知道他是诚心诚意地留我们，但是时间太紧了，今天的雨还说不定什么时候下，还有很多景点没有到，赶路要紧，我给他们留下了我的手机号码，于是双方都重复着"谢谢"分别了。

渔民朋友，我的孙老弟，还有那个烤鱼的女青年，他们率真的性格，朴实的特质，给我们留下了深刻的印象，回到家里，夫人把带回来的湖虾分送给各位亲友，一遍一遍地讲述着，兴凯湖不仅湖好，人也好。

湖岗邂逅一渔家，
共我仁心赠美虾。
诚信由来交友本，
择时温酒话桑麻。

黑龙江省小兴凯湖

彩图

四、史前留踪

从鲤鱼岗村出来，沿着湖岗向西漫步，路旁或高或矮的植物，在阳光的照耀下，生机勃勃。在这些天然物种中，最有特色的要数兴凯湖松，只有疏生的几株，并不高大，甚至是扭扭巴巴。但是，走近前仔细看看，这松的造型殊为不俗，树干基本上都是向着东南方向呈弓背样倾斜。这是因为湖岗突出于水面之上，湖风常年吹拂，西北风使树干弯曲，树的生长习性是向上的，于是，湖风与自然生长力的双力作用，造成树干弓形生长。树枝多呈屈肘样水平弯曲，当然也和不断换向的湖风有关。兴凯湖松的独特造型和顽强意志与黄山卧龙松颇为相近。兴凯湖松是一种古老的物种，古老的与兴凯湖年岁相当。

村西几百米处，湖岗南侧有一株小松，长得十分可爱，经常有人依偎在树干上拍照，以至于树干的赤色鳞皮磨得油油光光。走近小松，隐约听到东南方不远处有播放器发出的音乐声，循着声音穿过小树林，看到一群人排着长队，在绕圈行走，他们的脚下是一片平整的芳草地，一台录音机立于草地的西侧，草地中央摆放着好多笼子和大盆，笼子里有鸣叫的小鸟，有爬行的刺猬，还有盘成一盘仰头吐信的蛇；大盆里装的是青蛙和泥鳅鱼。绕行的人们穿着灰色或咖啡色的和尚装，双手合十，随着音乐念诵着“阿弥陀佛”。问过旁边观望的人，才知道正在进行的是放生仪式。这些人来自几百里以外的地方，走在前面的是他们当地的僧人。这些小生物都是他们花钱买下来的，之所以运到这里来放生，是因为要给这些小生物彻底自由的机会，如果在家门口放走它们，还会被利欲熏心的人再次捕获，难逃厄运。爱人随手把她的手包塞给我，赶紧跟上了队伍，我站在圈外为她们拍照、录像。仪式结束了，因为要赶车，就没有随大家到湖边去放生，返回公路，等待下午一点开往七台河的公交车。

放生活动基本上都是佛教信众自行组织的。人类是大自然的产物，世间的一切都是大自然的产物，是大自然赋予了万物以生命，放生活动的主旨是热爱生命，敬畏生命是对大自然的感恩。人类在蒙昧时期，是靠着牺牲其他物种的生命来维系自我种群的生存和发展的。早在旧石器时代，兴凯湖水域就有满族人祖先在这里生活，离鲤鱼岗不远的地方，有一个叫新开流的渔点，在这里发现了大量绘有鱼纹、网纹的陶片，精心打造的石器、骨器、牙角器等生活用品以及狩猎工具，还发现十处鱼窖和 32 座墓穴。经过考古学家考证和年轮矫正，生活在这里的祖先所处的时期应该是 6800 多年以前。这里有充足的鸟兽鱼虫，可供人类渔猎。目前尚存的物种中，鱼类有 65 种，兴凯湖大白鱼和白湖虾，远近闻名；候鸟有 235 种，湖岗上的树林中，草地里，到处是鸟鸣声，大大小小的水鸟，有在高空盘旋的，有在头顶疾飞的，有在湖面随波浮游的、有在林间草丛深藏的。这里是一幅盛大的富有灵动的花草鱼鸟的天然画卷。我们现在丰衣足食，来这里旅游，看不到拥塞的车流，听不到人群的喧嚣，完全把自己融入优美的大自然中。祖先选择这样一处好地方定居，当然不只是因为环境优美，更因为，这里有充足的食物来源。人类的儿时，也同其他物种一样，第一需要是生存和繁衍。你不杀掉食人兽，你就无法生存，你不以别的物种作为食源，你的生命就无法延续。黄淮与长江流域，借助于肥沃平原的地理条件，发明了种植业，这是人类进化的重要节点。而北方民族，则借助于山林草原的地理条件，发明了畜牧业，虽然这也是社会的一大进步，但仍不能脱离无定居的游弋生活。

满族人的祖先，古时称肃慎，到了魏晋时期，改称挹娄。兴凯湖所处的密山县，北面与宝清县接壤，宝清县的北端有一条河，叫七星河，是宝清县与我的家乡友谊县之间的界河。河北侧有一座村庄，叫“凤林古城”；河南侧有一座小山，叫“炮台山”，两者直线距离3公里。著名考古工作者王学良等人，于20年前在这里发现了挹娄人生活过的踪迹。经有关专家考证，早在魏晋时期，这里曾是挹娄人居住生活的王城。前些年，我和朋友专程到这里来过，古城的四周是用土夯实的城墙，城里有整齐排列的居址，考古人员曾在居址里发掘出与现代农村居家相似的土炕，说明，挹娄人很早就发明了火炕，这种取暖方式沿用了1800多年，目前的北方农村仍在使用。站在古城墙上，向南眺望，隔着七星河，有一座小山，兀立在那里，外形像一个大馒头。这就是炮台山。我们绕到山的南侧，沿着缓坡向山顶登去，山坡上到处是碎瓦片，山顶上有七个深坑，布局与北斗七星一致，构成勺体的四个坑围成了一个方场，这便是七星祭坛。这祭坛虽比不上北京天坛、地坛、日坛和月坛宏伟壮观，但它的年岁可是要早出上千年。可以说是北京四坛的祖宗。满族人信奉的是萨满教，每逢重大节日或遇有重大事件发生，都在祭坛进行占星祈祷等法事活动，只有王城才能设置这样的祭坛。我感觉萨满教与道教似乎有些同源，在这一带有七星峰，有七星河，还有七星祭坛，都像是道教词汇。后来查阅了一些资料，还真有学者认为，道教是从萨满教中分离发展而来的。

我和学良同车去宝清接一位从北京来的满族学者的路上，每路过一道土梁，他就告诉我，这是什么年代的城墙遗址。七星河流域一带，就是满族祖先的发祥地。新开流文化与七星河流域文化是一脉相承的，是满族人从史前文明走向现代文明历史进程中的节点实证。史前的渔猎生活发展到今天，形成万物和谐共生理念，是古老文明走向现代文明的极大进步。

鲤鱼岗上两湖风，
浩渺水滨欣放生。
肃慎新开流址处，
了然兴凯古文明。

兴凯湖夕照

彩图

五、割湖之辱

站在湖岗，放眼环顾，大小兴凯湖，就像一对孪生兄妹，形影不离，欢度了6500万年，兄妹相依的湖岗，孕育了满族人的祖先，恩泽了一代又一代的满族同胞。然而，令这对兄妹万万没有想到的是，就在149年前，无能的清朝政府，竟然卑躬屈膝地把哥哥的大半个躯体割给了沙皇俄国。从此，大小兴凯湖里汹涌的不仅仅是愤怒的浪涛，还有伤心的泪和割心的血。

1840年，第一次鸦片战争的失败，彻底粉碎了清王朝傲视天下的“大一统”美梦，并由此变成惧怕西方的懦夫。英法两国，从1856年开始再度寻机入侵中国，迫使中方与英法两国签订了《中英天津条约》和《中法天津条约》。至此，英法的贪欲之心仍未得到满足，继续侵犯中国，沙皇俄国伙同美国，一方面，明里保持中立，暗地里怂恿英法，为其侵略行径助阵；另一方面，假惺惺地说愿意帮助中国调停。1860年，英法联军攻入北京，火烧圆明园，俄国幸灾乐祸地看着事态扩大，清政府无奈，只得向俄国求情，请求其出面调停。沙皇俄国，借机向清政府索要好处，清政府为了终止战争，有求必应。于是，相继签订了《中英北京条约》《中法北京条约》《中俄北京条约》等丧权辱国的不平等条约。沙俄改变了以往直接入侵的掠夺方式，在此前的《中俄尼布楚条约》《瑷珲条约》基础上，不动一兵一卒，再次划走了中国40万平方公里的土地。黑龙江以北、乌苏里江以东的大片领土尽归俄国。这份条约完全由俄方起草，双方签字，签字时中方并没有注意到中文本与俄文本有什么不同。第二年勘界时，出现了问题。文本上有“两国交界逾兴凯湖直至白棱河”字样。但是，经地方政府勘查，根本就没有什么“白棱河”。俄方硬把一条叫“土尔必拉”的小河叫作白棱河，并出示了条约俄文本，俄文本确有“白棱河（土尔）”字样，而中文本中却没有这样的注明。这显然是俄方早有预谋，在制作文本时，故意写成两样。按常理，这样的条款应该是不生效的。但是，“弱国无外交”，只好听任沙皇强权的意志，把大兴凯湖的4/5，强行划归俄国。兴凯湖在呜咽，满族后人站在新开流祖先生活的遗址上，心内郁结梗梗，只能是望湖兴叹。

1840年以来，中国近代的屈辱史，是清王朝的封建统治阶级的没落无能所造成的，不能把罪过记在满族人身上。中国是多民族国家，各民族都是兄弟，尤其是满族文化，近几百年来已经和汉文化融为一体。

辛亥革命前，同盟会的纲领中有“驱除鞑虏，恢复中华”的口号，很快，孙中山就用“民族主义”替代了“驱除鞑虏”的不恰当提法，继而提出“五族共和”的概念，五族泛指包括满族在内的全国各大民族，并对狭隘的民族复仇思想进行了严厉的批判。

新中国成立以后，中央曾发文强调，除非是引用历史文献时，否则不许使用“满清”字样的词汇。这样可以维护满族人作为平等民族之一员的民族尊严。

20世纪六七十年代，我也上了前线。那年我十六岁。我们高喊着“一不怕苦，二不怕死”的口号，荷枪实弹地驻守在乌苏里江边，静候来犯之敌。经过谈判，地图又改回来了。

此时此刻，站在湖岗上，我要说：如果每一个中国人都能做到“守土有责”，那一切反动派就必定成了“纸老虎”。

岩火突奔迸九天，
峰摧地陷滚波澜。
鱼龙老去石藏骨，
莺鹤蹁跹柳荡烟。
一脊隔开南北浪，
两湖依傍万千年。
何期华夏辉煌日，
重整河山兴凯圆。

河南新郑炎黄二帝

第三篇　中原行

周王朝“德不能怀，威不能制”，西周结束是历史之必然。至于是否有“烽火戏诸侯”事件并不重要，倒是有了这样一个故事，可以警政。周幽王之死，还有一个重要的历史提示：引来外族势力介入国内战争，后患无穷。

河南新郑轩辕黄帝

彩图

一、新郑之旅

（一）启 程

坐了几个小时的车，腿有些酸胀感，下车疏通一下筋脉，很是惬意。离省城哈尔滨已经不远了，赶下午4点的班机时间还很充裕。北大荒四季分明，到了中秋，大地里的庄稼都变得金黄，空气中弥漫着成熟果实的香气，柔和的日光普照大地，阵阵微风轻拂着收获者的脊背。天上飘浮着几朵白云，白云下面有一行又一行的归雁在缓缓南行。

前些天，一位多年未见面的老朋友邀我去他那里玩几天，他几次工作调动后，目前定居在河南新郑。新郑，周朝时曾是郑国和韩国的国都。冯梦龙、蔡元放合著的《东周列国志》中描写的春秋战国历史事件，有些就是在那里发生的，我对那里曾充满好奇。去一趟新郑，既能看到老朋友，又能亲眼看看中原文明的发祥地，倒也很好。我怀着对中原五千年厚重文化的敬仰和探寻之念，踏上了去往新郑的旅途。

哈尔滨塞车非常严重，飞机航班没有出现“塞车”现象，整点起飞了。云层的下面，天色已经有些暗了，可是云层的上面却是另一番景象。高天之上是那样的宁静，只有无垠的白云，白云托起的湛蓝的天空，还有一个炽烈的太阳。那白云像刚刚续好了的厚厚的棉被，平铺在脚下。倘若跳下去，不知会被这棉被弹起多高。当然，这只是想象，如果真的跳下去，倒是验证了“如坠五里云雾”这句话了。天空蓝得那样纯正，没有一丝丝的烟尘和杂色；太阳渐渐西行，飞机也是向着西南方向驶去，所以天黑得特别晚。到了晚上7点多钟，太阳终于沉到云层下边去了，这时便看到了天边，那是一条火红火红的线，天空变成了铅灰色，白云即刻成了黑云。这使我想起了“返照开巫峡，寒空半有无”的诗句。只有站在极高处，看着太阳的光芒从云彩下面透射上来，才称得上“返照”。当太阳完全沉到地平线以下时，飞机就在一个漆黑的混沌世界里穿行，偶尔在云破处可以窥见地面上的街灯，甚至可以看到蓝色、红色信号灯交替闪亮的景象。这时，就会不自觉地产生脚踏大地比悬在空中安稳的想法。记得还是 1997 年的一个夏夜，坐在由黄山飞往天津的飞机上，地面上下着大雨，半空中的闪电如火龙游动，四方惊现，又像盛典的礼花，在脚下喷发、飞滑、消散。那时，越是听不到一丁点雷声，越感到无声世界的恐怖。

飞机就要着陆了，已经看得见机场上蓝色、黄色的地灯。新郑，我就要踏上这古老而又厚重的土地了。

（二）古枣园

新郑是隶属于郑州的县级市，历史悠久，曾被誉为“华夏第一都”。周幽王命殒骊山之后，郑国国君郑伯友联合卫、秦，为驱除犬戎、除掉褒妃、拥戴平王作出巨大贡献。公元前 539 年，郑武公将郑国国都迁至新郑。自平王迁都洛邑，进入东周时期之后，便有了春秋五霸、战国七雄。春秋末期三国分晋，韩国吞并了郑国，也把都城建在新郑。据考证，华夏始祖轩辕黄帝就出生在这里。今天活动的主题是到黄帝故里寻根拜主。而我，更想在这古老的土地上探索古老故事的真伪。

《东周列国志》第二回“周幽王烽火戏诸侯”写得十分精彩，故事叙述得自然流畅，起承转合，结构严谨。然而，越是百密无疏，越觉得这样的历史故事像是加工而成的。因为，这本书不是正史，而是小说。司马迁的《史记》也有周幽王烽火戏诸侯段落，故事梗概与冯梦龙、蔡元放写得无大差别。《史记》可是公认的正史，冯、蔡是依据《史记》故事编写的，应该是史实。吕不韦的《吕氏春秋》关于幽王断送西周的说法与司马迁说的大致相同，只是细节上有所不同。吕氏记载的周幽王戏弄诸侯，使用的是击鼓，而不是点燃烽火。司马迁也应该是沿用了吕不韦的基本说法，采信了烽火戏诸侯的流传故事。现代史学家钱穆先生对此持有异议，在《国史大纲》中针对《史记》记载“烽火戏诸侯”一事发表了不同意见。他认为，这是老百姓街谈巷议编排的。点燃烽火是汉代时防御匈奴入侵的报警方法，西周时期未见得有这种方法。推想可知，即便点燃烽火，诸侯远近各异，怎么能同时到达京城，成为妃子笑料。也有些学者认为，周朝到了幽王时期已是“礼乐崩坏”，中央集权变得松散，各诸侯间利益之争越来越严重，开始出现攻城略地、相互吞并的局面。周王朝“德不能怀，威不能制”，西周结束是历史之必然。至于是否有“烽火戏诸侯”事件并不重要，倒是有了这样一个故事，可以警政。周幽王之死，还有一个重要的历史提示：引来外族势力介入国内战争，后患无穷。申侯为了报复幽王，内联缯侯、外联犬戎，一同杀向镐京。事成之后，犬戎占据京城不走，幸有郑伯联合多国军队入京，才将犬戎赶回河西。

从庄园出来，沿着神州路前行，在未进市区前，先到新郑古枣园看看。

走进“好想你”红枣庄园，看到了从未见过的大片枣林，树上挂满了各样的枣子，有青的，有红的，还有青里透红的。讲解员告诉我们，这里的大枣都是有名字的，大一点形状像芒果的叫芒果枣，红而细长的叫辣椒枣，肩头有一个小突起的叫茶壶枣，还有鸡心枣、泗洪枣、葫芦枣、新郑红等。进了枣园，就不必有瓜田李下之讳，可以尽情地摘着吃，遇到稀罕的偷着揣兜里几枚也无妨，要的就是感觉。新郑的枣可谓天下第一，中外驰名：一是古老，二是多产，三是好吃。枣园里 500 年上下的老枣树就有 538 株，有的树龄超过 600 年，树围达到 5 米，树冠上依然挂满枣子。“好想你”红枣庄园所在的孟庄镇是著名新郑红枣的主产区，约有枣林 7.2 万亩，枣树 190 多万株，年产红枣 1500 万公斤。小的时候只吃到过干红枣、蜜饯枣，后来才吃过醉枣，在说书的段子里看到过“大青枣”字样，不曾见过实物。近几年物流畅快，超市里就可以买到大青枣，的确好吃。这次进枣园亲手摘下鲜枣，放进嘴里，又甜又脆，又香又滋润。

枣园里有一个木质牌门，上书“打枣第一门”五个大字。联想起路过小镇时，见到路边枣林里的老乡，手里拿着一根长竿，在敲打树干……原来收获枣子的方法竟然是打枣。勤劳智慧的新郑人，枣业深加工已具规模，他们收获着劳动的果实，张扬着新郑的文化。

（三）黄帝故里

在新郑市中心，有一处国家 4A 级景区——黄帝故里。炎黄二帝的巨大雕像坐落在百家姓氏广场的一端，靠近轩辕丘一端有汉白玉制作的黄帝像，两点之间形成一条南北中轴线。在中央位置上有一座石坊门，上书“轩辕黄帝”四个大字，两旁是用隶书书写的对联，上联：“功开天地奠华夏鸿基九州苗裔光寰宇”；下联：“道启洪荒创文明社会万国衣冠拜冕旒”。沿黄帝大道两侧挂满了杏黄旗，上书“和平、和谐、和睦”“同根、同祖、同源”。大道中间有一座石桥，叫轩辕桥。有意思的是，在建造这座桥时，竟然在设计的位置地表以下 2 米挖到了明代修建的轩辕桥。桥体几乎完好无损，字迹清晰可见。这昭示着炎黄子孙心心相印，有史为镜。

新郑文化是黄河流域历史文化的重要组成部分。这里的裴李岗文化是目前发现的最早最完整的人类新石器时期的文化，距今约有 8000 年。后来的仰韶文化、龙山文化在这里都能看到踪迹。

瓷器——China——中国。这是世界对中国古老文化的认同。人类打开始自己动手烧制食器那一天起，就已向长天告知：人类是大自然的骄子，人类有能力与大自然共荣共存。神农、轩辕，把人类文明带入创造的新时期。有了五谷可食、有了陶器可使、有了牲畜可圈、有了茅屋可居。同时，天象、历法、阴阳、医术等理论体系，也为现代科学技术的发展奠定了鸿基。我们敬仰功开天地的人文始主，我们更应该继承先人的开辟鸿蒙、造福人寰的力行精神。

我们同行的有沈阳的一个小团队，带队的是一名新郑籍小伙子，姓张，不足 30 岁，就职于沈阳的一家旅游公司，家就在新郑。我亲眼看到，小张的爱人顶着小雨来到百家姓氏广场，两人匆匆见了一面就分别了。小张的母亲在我们离开新郑的那一天，从乡下带来一袋花生，赶到新郑国际庄园来看儿子，把花生一把一把地分给了即将回程的每一位游客。从老人口里得知，小张一直忙于照顾游客，没有时间回家。他们的骨子里有着尧舜之普爱、禹王之大义。行而后方觉体之尪羸，学而后乃知脑之空乏。在这里我看到了这厚重土地上人们的厚德，我感觉到了发源于这里的中华文化的不朽力量。

近些年来，全世界五大洲的华侨华人络绎不绝地来这里寻根拜祖，去年国民党元老连战先生也来这里献香，这正是：

同根、同祖、同源，确有据可考，已是史实；

和平、和谐、和睦，乃人心所向，终成大势。

洛阳白马寺

彩图

二、洛阳怀古

（一）关林朝圣

从新郑到洛阳，天刚刚有些黑，零星小雨断断续续地飘落着，第二天能不能去龙门石窟，还要看天公作不作美。这一个晚上睡得很香，清晨醒来，雨是不下了，乌云却没有散去。导游告诉大家两个消息，当然是一坏一好：坏消息是龙门石窟景点继续关闭一天；好消息是今天适逢“2011 年中国洛阳关林国际朝圣大典”开幕之日。我们早早就来到了关林，大门内外已是人山人海，海内外各界人士几乎在同一时间到达这里，有的项上挂着黄色哈达，有的衣襟写着姓名，虽然人众，但不喧嚣，很有秩序。管理人员说，只有预先登记的代表团可以入内，我们预先没有这项安排，所以要等开幕式结束才能进去。时间这么紧，还是先去白马寺吧。

在去白马寺的路上，我们听了导游的介绍，才知道关林就是关羽的墓地。古时候把埋葬帝王的地方叫“陵”，埋葬将相大臣的地方叫“冢”，埋葬平民的地方叫“坟”，而埋葬圣人的地方则叫“林”。中国有文武两个圣人，文圣人孔丘，葬于山东曲阜，其地称孔林；武圣人关羽，首级葬于河南洛阳，其地称关林。

孔颜曾孟四大家族，其祖先孔丘、颜回、曾参、孟轲是儒家的创始人，后人尊为儒家四大圣贤，所以他们的祖坟当然可以称“林”。

无论世事如何变迁，中华文明总是在传承中发展，在发展中传承。汉寿亭侯一向以“忠、义、仁、勇”著称，为后世男儿之楷模。曾几何时，关老爷又兼职做了武财神，与赵公明为伍，被赚到钱的和想赚钱的人供奉起来。圣人日渐辛苦，虽然挂刀了，却要为后人精神文明、物质文明一起抓。商业与流通是社会运动的不可或缺的领域，这一领域的完善与健康，自然需要有公信力极强的精神领袖，于是关老爷就被从历史舞台邀请到现实舞台，当然，如果能在国际舞台上高屋建瓴，在银票的另一面印上“仁”字，全球经济危机也许就不会发生。

白马寺到了。

（二）白马寺

白马寺，世称中国第一古刹，是佛教系统理论传入中国并发展壮大的第一垦殖地。白马寺坐落在洛阳城东，距城东门大约 25 里路。大佛殿内有一口大钟，和城东门钟楼上的大钟遥遥相对，只要有一处敲响，另一处也会发出声音。这一奇观叫“白马寺钟声”，是洛阳八景之一。寺院大门前的广场上有两尊石雕的白马，分列于大门的两侧，是为了纪念随印度二僧不远万里驮运经书来中国的老白马而建的。白马寺也是因此而得名的。

国内的寺院早些年我也曾到过几处，出名的有普贤菩萨的道场峨眉山、观音菩萨的道场普陀山，还有杭州的灵隐寺、重庆的龙隐寺等。近些年来，各地新建的寺院真如雨后春笋般地拔地而起，而且占地之广、规模之大、耗资之多，令人惊叹。尤以无锡的小灵山，工程最为宏大，气势最为壮观；双鸭山的一处景区，方圆几十里，就有三座大寺院，原来有一个青山寺院和姑子庙，后来建了一个大菩提寺，再后来又建了一个佛母山。这些寺院的规模与豪华程度，不在白马寺之下，建造所需的资金绝大多数来源于民间。这是改革开放后，思想大解放，文化多元化，生活渐渐富庶的结果。20 世纪末，我去西班牙巴塞罗那大学参加学术交流，坐着车子每经过一个村镇，都能看到一处带尖的最高的建筑，那就是教堂。十几年后的今天，我们中国也有了很多教堂。在释道儒和谐互补共同发展的同时，西方文化也在不断地输入并产生影响。

走进白马寺院，见古思古。

东汉初年，汉光武帝刘秀中兴，基业传给汉明帝刘庄。此时，匈奴一部分远走西方，不知所终，另一部分由皇帝赐姓刘，收为国民。值此国泰民安之际，刘庄要寻找一种理念来统一民族思想，于是引进了印度的佛教，白马寺应运而生，成为历史上最早的皇家寺院。盛唐时期，国运日昌，佛教理论体系日臻完善，汉传佛教、藏传佛教、南传佛教三大教系业已形成。皇家原本信奉道教，后来，佛道儒兼容并蓄，至武则天执政，在佛教经典《大云经》中找到了女人称帝的依据，便开始尚佛，改年号为“周”，定都洛阳，重修白马寺。

印度佛教引入中国，白马寺是历史见证地。中印两国在政治、经济、军事、文化、意识形态乃至双边关系等方面，向来关系微妙。印度的佛教界，为了增进中印两国在宗教领域的合作，于 2006 年 4 月出资在白马寺动工修建印度佛殿，佛殿建筑面积达 3450 平方米，以印度风格为主，兼顾中国佛教文化内涵，在殿门外也修建了两匹马，但颜色、形神与中国的迥然不同。

有“20 世纪的卡桑德拉”之称的德国哲学家斯宾格勒认为，印度文化和中国文化是现实八大文化的两个不同体系，各自按照特定的环境和轨道发展前进，有着自己的灵魂和个性。但就其发展历程而言，都必然经历前文化时期、文化时期和文明时期。文化的极致是文明，文明是文化的必然归宿，而总要有新的文化去冲击已有的文明。总有一天，一切原始的或现存的宗教、主义都将被更先进的文明所取代，这就是列宁所说的“扬弃”。

（三）洛阳三宝

过去听说洛阳有三宝，我以为应包括牡丹、唐三彩，可是听导游一讲，我愕然了。原来当地人引以为豪的三宝竟是牡丹、龙门石窟和水席。还有一种说法，把洛阳铲也列入其中。牡丹和龙门石窟自然应算是宝，水席和洛阳铲是个什么来头呢？

水席，并不同于水床、凉席相类的卧具，而是一种传统的餐饮方式。就是大家在一起就餐时，不是等到菜上齐了才动筷，是上一道，吃一道，撤一道，像流水一样。其实，到西方的餐馆吃饭，大都是这样的，只是不用筷子，有一个公用的勺子，把菜从盘子里盛到自己的餐盘里，然后再吃，这样就达到了分餐的效果。下一道菜上来，把前一道菜撤下，桌子上始终保持有一盘菜，规定的菜都上完了，正餐也就结束了。即使是在巴黎吃法国大餐，也是这样的。法国大餐一般最多就是 13 道菜。水席就不同了，据说可以上到几十道，上百道。按照迅爷的思维模式理解，这可能与“有闲”和“无闲”相关。

洛阳铲的诞生与北邙山有关。洛阳作为 13 朝古都，北邙山下长眠了许许多多的帝王将相，随葬的奇珍异宝定然无数，盗墓高手与考古专家不时地光顾这里。君欲获其利，必先利其器，洛阳铲应运而生。任何劳动工具都是劳动者创造的，而洛阳铲算是劳动工具吗？握在考古专家的手里当然是劳动工具，握在盗墓者手里只能算作案工具。这个物件能跻身三宝之列吗？马马虎虎，含含糊糊，通过它倒是可以获得宝贝，而它自身算不算宝贝，实难定论，这大概也是洛阳三宝说法不一的原因吧。

唐三彩能传世至今，还真的有盗墓者以及洛阳铲的功劳。世存的珍稀唐三彩多是北邙山出土的。这原本是逝者的随葬品，并不像瓷器那样有使用价值，古时候是不作为摆件或藏品收藏的。也许是因为它阴气过重，没有被列为三宝之列。但就其艺术价值和技术含量而言，的确是国之珍宝。

我喜欢唐三彩是另有原因的。我们夫妻两人都属马，家里摆了好多静物马，有金属的、玻璃的、陶制的，还有一匹是唐三彩，色彩明亮，神清意凝，硕项肥臀，体态丰美。这一次来到洛阳的唐三彩专卖店，我就又买了一匹，为家里的那一匹找了一个伴。

来洛阳，没赶上国色天香竞相开放的季节，没机会观赏龙门石窟那古老恢宏的浸满了佛教禅意的石刻艺术，没有吃到游人皆赞的水席盛宴，我不遗憾。

在这到处都弥散着中原古老文化气息的老都城，其历史文化之厚重，岂是香花、奇石、美酒所能尽为诠释……

心绪像跨上三彩骏马，一路奔回大唐：

依稀浮现乐天诗酒禅琴品逍遥画卷，
似曾相识诗魔独善其身享悠闲晚秋。

灵魂如搭乘嫦娥飞船，穿越时空隧道：

可堪回首平王都迁洛邑终九鼎被问，
曾几何时秦君剑扫六合定一统河山。

“一篇读罢头飞雪，但记得斑斑点点，几行陈迹。”

河南嵩山少林寺

彩图

三、再登嵩山

（一）巾帼双英

由洛阳沿郑少洛高速向东行驶，很快就到了嵩山。嵩山，雄居五岳之中，由太室山和少室山组成，两山各有 32 峰，主峰在位于东方的太室山，海拔 1492 米，称峻极峰。西方的少室山最高峰叫连天峰，海拔 1512 米。为什么连天峰比峻极峰高出 20 米却不是主峰呢？当然是有说法的。嵩山位于黄河之南，颍水之北，“五帝三皇神圣事”，一山二水共消长。据说禹王之妻居太室山，禹王之妾居少室山，东大西小，所以认定峻极峰为主峰。我想，古人用目测法测两峰也确实难分高低，有些历史疑点也不必深解，相信存在就是合理的。

嵩山真是个好地方。2004 年 6 月我曾到过一次这里，从登封市到少林寺，一路山清水秀，风光宜人。我对生活在登封的朋友讲，等到我退休后到这里养老，朋友表示真诚欢迎。那一次来登封正赶上河南出了两件大事：一件是豫剧大师常香玉香消玉殒；另一件是登封市公安局局长任长霞以身殉职。

常香玉，出生在嵩山北麓的巩义市，凭借出众的艺术才能，成为豫剧界的一代宗师。我是东北人，小的时候对豫剧基本没有印象，但是我知道，抗美援朝时，她曾经组织义演，募款捐献了一架飞机。她是我们“50 后”一代人心目中的巾帼英雄。英雄远去，英名千古。

任长霞，千百位公安英模之一员，在改革开放大潮汹涌起伏的今天，她以刚毅的人民卫士精神，与危害人民利益的各种黑恶势力作坚决的斗争，最终以身殉职。巾帼不让须眉，逝者英灵永在。

登封的人们乃至全河南的人们正沉浸在对两位巾帼女杰的缅怀之中。朋友曾参加了任长霞的送葬活动，他描述了当时的场面，十分感人。在少林文化发祥地，出现这样两位极具民族感、正义感的现代女性，是嵩山人的骄傲和自豪。巾帼双英，精神永存！

（二）少林禅宗

来嵩山一游的人，没有不到少林寺的。从登封市到少林寺沿路都是武术学校，来自全国乃至世界各地的习武之人数以万计。我们看到一家学校的操场上，有上千名学生在会操，动作精准，整齐划一，甚是好看。少林寺建了一个演武厅，像电影院放电影一样，一场接着一场地表演。每场表演半个小时，有集体操，有硬功、软功，还有器械操练。一位气度不凡的美女当场解说，配以音乐，现场观看的人无不为少林功夫所折服。

现今的少林寺似乎是以少林武功声显于世，其实少林寺的最大功绩是确立了中国佛教的禅宗学派，正如赵朴初所说："少林是禅，不是拳。"

少林寺原本是北魏时期所建，后有印度游僧菩提达摩到此，创立禅宗学派，弘扬大乘教。菩提达摩是佛祖释迦牟尼的第 28 代佛徒，他所创立的禅宗学派，很快就成为中国汉传佛教的主流学派。相比"天台宗""华严宗"，禅宗学派的受众更多，影响更大。当时，有中国僧人慧可，断臂立雪，求师于达摩，达摩感其心诚，收为弟子，并授衣钵。按照禅宗祖师的排名，慧可是第二代禅宗祖师，但是，在中国人当中，慧可则是第一位宗祖，他在少林寺受教于达摩多年，得到衣钵后，宗庭设在安徽司空山，107 岁时圆寂，后人称二祖。慧可将衣钵传给僧璨，三祖僧璨设宗庭于天柱山的山谷寺，将衣钵传给道信。四祖道信设宗庭于黄梅幽居寺，将衣钵传给五祖弘忍。弘忍设宗庭于黄梅东山寺，圆寂前宗庭出现了以神秀和惠能为代表的南北两大宗派。神秀主张"渐悟"，惠能倡导"顿悟"。渐悟是说，修行的人要不间断地学习领悟，直至最后成佛。神秀的主张按现代哲学观点，应该是符合量变到质变的唯物辩证法的。顿悟是说，修行的人可以一念闪过，顿然成佛，不需要持之以恒地修炼。从哲学角度看，神秀的观点更为合理，但是，从社会学角度看，惠能的说法更加实用。当时，人心向佛者颇多，如果都去深山静修，谁来从事生产活动呢，社会岂不瘫痪？而顿悟之说让人们在不影响生产的情况下"带职修行"，遁入佛门的人就自然多了。所以惠能的南宗取得了胜利，成为禅宗六祖。

汉传佛教以禅宗学派为主流，禅宗学派的祖庭在少林寺。所以，少林寺在中国佛教界，乃至世界佛教界的历史地位是十分显赫的。

少林寺位于嵩山五乳峰的南坡，坡下有一条小河，叫少溪河，沿着河的北岸向西约500米处，有一片幽深的林地，走进这片林地，但见塔群林立，蔚为壮观，这便是著名的“塔林”。塔的高低不同，最高的不过十几米，基本颜色为白色，也有红色的，是用红砖砌成的。大多数是用青砖和石头建造的。塔的形状各异，有六角形的，也有八角形，有的呈酒瓶形，有的类似北京北海白塔形。每一座塔身的下面都深埋着一位圆寂的大德高僧，或高僧的舍利及衣冢。塔身的层数不同，层数越多，代表高僧的级别或名望越高。目前保存较好的最为古老的是唐代的佛塔。

我国宪法规定，公民有信仰和不信仰宗教的权利。宗教和迷信、邪教是有着严格的区别的。宗教的宗旨是劝人向善，迷信是盲目崇拜神灵，而邪教则是使人误入歧途，违反伦理。无论是佛教也好，道教也好，都是以不同的方式劝导人们爱人、爱自然、爱社会。我们可以从宗教思想里获取对人类社会发展有积极意义的智慧和动能，促进人类社会的和谐有序发展。

游嵩山少林寺，不但领略了中岳的山水风光之美，更让人感受到中原文化的厚重与博大。

（三）嵩山吾师

“喝令三山五岳为我开道，我来了!”年少时，颇觉得这话很有气魄，男儿有志当如此。于是就查阅地理书，确定三山五岳的位置，知道了嵩山位于五岳之中。懵懂中认为居中央的应是至尊，可是历代皇帝封禅为什么要到泰山哪，不得而知。按五行说，木、火、金、水、土，分别代表东、南、西、北、中五个方位。那中岳嵩山的属性应为土。土也，乃地，乃坤，世间万物之母，厚德载物，功高齐天。五行说隶属于中国古代哲学体系，是否科学我说不好，但据现代地质学研究结果表明，嵩山形成于太古代，历经太古代、元古代、古生代、中生代、新生代五代，地质学称“五世同堂”，是世界上资历最老的山岳，奉为五岳至尊，应不为过。

嵩山确有厚土，有物为证，将军柏已历经4500年风雨，至今仍枝叶繁茂，生机盎然，不得厚土之精，何以至此。

嵩山有宽大的胸怀，是世上少有的集佛道儒三种教派于一山的文化共荣地。

少室山中的少林寺禅宗祖庭与洛阳白马寺同为中国佛教的发祥地。白马寺建寺早于少林寺，但是少林寺孕育出了禅宗学派，为汉传佛教的发展与传播奠定了坚实的基础。

太室山上的中岳庙是历代道士著书讲经之所，中岳庙始建于公元前2世纪的秦朝，原本是祭拜太室山山神的场所。到了汉武帝时期，进行了修缮和扩建，成为道士方术显技的处所。北魏时期，道家学派已成规模，接管了这里，定名为中岳庙。道教是中国的本土宗教，魏晋以前，在统治阶级的意识形态领域里，其地位超过儒教。

儒教始创于公元前4世纪，孔子是其创始人，到了汉武帝时期，董仲舒成为儒家集大成者，儒学在统治集团政治思想领域有了一席之地。

位于嵩山之阳，峻极峰下，有一座盛大的书院，称为嵩阳书院。这座书院与河南商丘的睢阳书院（又名应天书院）、湖南的岳麓书院、江西的白鹿洞书院，并称为我国古代四大书院。这里是我国古代儒家培养人才的高等学府。这里曾是唐代以来的许多名士大儒宣讲儒学的课堂。范仲淹、司马光以及程朱理学的创始人程颢、程颐、朱熹等人都曾在此讲学。

有人这样说：“道根儒茎佛叶花，三教本来是一家。”我倒是觉得，道教和儒教都是中华大地上闰土生发的文化，其脉有源，其养可融；佛文化虽是外来文化，但是就其先进性而言，自有可取之处。儒道文化本身就有吸纳兼容的特质，儒道佛相遇，结一个“善”字之缘，兼容并蓄，相得益彰，不亦乐乎！

人们多有只知少林拳而不知少林禅宗者，也有只知少林寺而不知嵩山者。

吾登嵩山，心有所得。

知天高乎，知地厚乎？

知天高，方心胸豁达，不为世俗琐事羁绊，清以守志，乐以抒怀；

知地厚，乃心存感恩，常以百姓病苦为痛，行医尚德，精益求精。

嵩山吾师也！

河南云台山红石峡

彩图

云台山茱萸峰

彩图

四、游云台山

（一）眺望仙山茱萸峰

“黄山归来不看岳，五岳归来不看山。”第一次游黄山，听了当地人对黄山的极度赞美，以为自己看到了世界上最美的山峰。后来偶谈及山水之美时，有南方的朋友淡定告知，江南多奇峰，不在黄山下，将信将疑。中原五岳，我到过东岳泰山、中岳嵩山，虽各有特色，但比起黄山来，略有逊色。少小时读李白诗，知有天台山，而不知有云台山，这一次来焦作，始知太行山脉上有一座奇峰——云台山。

云台山的主峰是茱萸峰，海拔 1308 米。唐代大诗人王维传世之作《九月九日忆山东兄弟》：“独在异乡为异客，每逢佳节倍思亲，遥知兄弟登高处，遍插茱萸少一人。”就是在登临峰顶时有感而发的。也正因为有此一折，此峰才得名茱萸峰。

今天天气绝好。日明天晴，山脚下的柿林，挂满了橘红色的柿子，有的在树叶的掩映下略显暗红，有的在晨曦的辉映下泛着黄光。寻一处树冠稀疏的地方，向北方眺望，但见不远处一座孤峰，形似锅盔，峰顶有一楼阁，想来是王维饮酒赋诗之处了。山腰间有白雾蒸腾，导游说那白雾生处有药王洞，药王孙思邈在此山采药后，到洞里炼丹。常言说：“山不在高，有仙则灵。”我到过的那些山，都说有神仙住过，但却没有一点点遇仙的感觉。今天仰望此山，真的想从那浓雾游弋的深处幻出集医学、药学理论与实践于一身的仙人真身来。那年逾百岁的老人，曾踏遍千山，尝尽百草，悬壶济世，有医无类；曾倾心医治一切病人，“无欲无求”“皆如至尊”，煎药炼丹，著书立说；老药王医德高尚，医术精湛，乐与民同，是不为官。无愧于中国的希波克拉底。

不欲世人敬，百世人敬之。孙思邈就是活在我们医药界同仁心中的活神仙。

前几天走过的地方，其文化氛围多以佛教文化为主导。今天来到云台山的茱萸峰，却是一处道教圣地。山顶有真武大帝庙宇，为妙真祖庭，同嵩山少林寺是禅宗祖庭一样，在宗教领域里具有里程碑的意义。后来查阅了一些有关道教的书籍，了解到妙真道是道教的一个派系，师宗庄子，秉承“至人无己、神人无功、圣人无名”的圣训，崇尚返璞归真，回归自然。道士通过“心斋”“守一”“坐忘”“朝彻”“调息”等庄氏理论的修炼，并服食精选的天然药材，修习“诗”“书”“画”“乐”，以期达到延年益寿、天人合一、羽化成仙的目的。这一派道人被称为儒雅之道。在云台山隐居多年的竹林七贤，是史上最著名的代表人物。小的时候学过毛主席的一篇讲话，据说是毛主席晚年在山洞里写的。讲话里引用了一个典故，大意是：晋朝人阮籍，少年时曾登广武山，游览楚汉古战场遗址，发出“时无英雄，遂使竖子成名”的慨叹。我从史书中翻出了阮籍，又知道有嵇康、刘伶等名士。但是不知道他们所导行的就是儒道、雅道。至今云台山还留有刘伶醒酒台、嵇康淬剑石等遗迹。

道教是地道的国教，不像佛教、基督教、伊斯兰教都是舶来品。道教的理论基础有着丰富的哲学内涵，西方哲学中的“辩证法”一词，就是西方哲人在研究老子《道德经》时想出来的一个创造性的经典词汇。我先前说过，文化的极致是文明，而文明达到极致，将使这种文明消亡。道教，唐宋以来一直是国教，到了明朝达到鼎盛，清朝以后日渐衰退，到了现在，大多数人都讲不清什么是道教。由于道教信奉神鬼，一些人搞“三清鬼画符”，都是从道教那里学来的，因为不得道教要领，学了些形而上学的东西，演变成了迷信，成了求官、求学、求财运，祛灾、祛病、祛无奈的快通道。更有些人以此谋财，生意还蛮好的。

其实，孙思邈能活到百余岁，是真正的“得道”之人，他把身心置于自然与生灵之中，他一生身体力行之事可谓俗之又俗，可他的思想境界却是超凡脱俗。他辩证的一生，给了道教一个完美的诠释。

眺望茱萸峰，我欣赏这峻美的峰峦，我敬畏那蒸腾着的仙气，这仙气是先辈们创史洒落的汗水的雾化，这仙气是中华文化灵光的喷薄。

眺望茱萸峰，我欣赏这峻美的峰峦，我阅读、我心解那绿荫深处的故事，那山，那仙，那故事……

望茱萸峰祭药王孙思邈

高峰清朗耸云台，
上有金辉紫观排。
峻顶雄哉真武帝，
山腰洞奉药王才。
七贤沽酒竹林醉，
怀药吸阳峭壁栽。
一世不名更忘己，
百年尝苦宝方来。[①]

注：①宝方，指孙思邈所著《千金方》。

云台山潭瀑峡

彩图

（二）弦歌跳宕潭瀑峡

沿茱萸峰的山脚向左旋转，行十数里，一池蓝莹莹的湖水跃入眼帘，湖面平展如镜，湖形略呈带状，却依山势走形而变换，很像牡丹江的镜泊湖，想来也属堰塞湖类。贴近湖畔，这水又变成翠绿色，周边山石树木倒映湖中，湖中心有白云游弋。这便是著名的子房湖。辅佐刘邦决胜千里的张良张子房，就曾在这里运筹帷幄。后来的竹林七贤、高士孙登都曾在这里修行论道。

如果是堰塞湖就一定有溪流为源，果然，我们穿过一片茂密的山林，便来到了一个山瓮，这山瓮极其安静，西边的山峰高耸峻峭，断壁如削，东边的山体坡势稍缓，树木葱郁，一条约 20 米宽的小河由北向南平缓流下，下游正是通往子房湖的。沿着小河向上漫步，每隔 50 米或百余米就有一处人造小瀑布，水位落差一米上下，水流淙淙，其声和畅。

走了大约半里路，左右两山距离渐近，河面渐窄，弯曲的河床里散布着一些石块，像有仙人摆放过的一样，使得水流跌宕起伏，水韵悠悠，如弦如歌。东边山上不时传来阵阵猿啼，注目观看，有成群的猴子在树梢上穿越，这里就是著名的猕猴谷。越是人多，猴子们越向河岸移动，并不惧人。太行猕猴与峨眉山的猴子不同，通灵智慧，不拦路抢劫，不袭扰游客，甚是可爱。

过了猕猴谷，继续上行，水流忽然变得湍急，瀑布一个接着一个，其形各异。有的瀑高数米，直落如注，瀑脚翻腾白浪，溅起飞珠无数，声如雷滚，冲击波暗中攘人，使人立足难稳。有的瀑布平展宽阔，像银白色的流苏在微风中舞动，这流苏垂入潭中，潭水波光粼粼，颜色或青或蓝或绿，如果你绕潭徐行，会觉得人移色变；有的潭中卧有巨石，水震石鸣，其声隆隆，会使人联想起峨眉山上的清音阁，流水经年，穿石为洞，水无弦自鸣，石无锤自鼓，悦耳之声，扬扬数里不绝；有的潭中有泉，水泛汩汩，投影在潭中的草树游人，瑟瑟而动，像一幅水中宫阙的动漫，变幻出李白的天姥梦境。

潭瀑峡又名“小寨沟”，意为缩小版的九寨沟。九寨沟没有去过，不知相似度怎样。我倒是觉得与黄山的九龙瀑很相像，简直就是亲姊妹。如果说九龙瀑是载歌载舞的小龙女，潭瀑峡就是殷勤智慧的七仙女。潭瀑峡无论是峡长还是落差，都大于九龙瀑，理应是姐姐，九龙瀑虽是全国七大名瀑之一，但只能屈就为妹了。

站在潭瀑峡的上游，极目群峰，其巍峨，其苍翠，丹青不复；俯瞰峡谷，水流跳荡，几处烟蒸，艳墨难描。

美哉潭瀑峡！

云台好景小龙溪，
起舞放歌湍水急。
三步飞泉七步瀑，
五寻帘降万珠玑。
断崖绝壁鹰难落，
夹岸青峰雾好依。
涧底奇石人兽面，
彩潭映演众仙姿。

云台山泉瀑峡

彩图

（三）亚洲瀑王泉瀑峡

从潭瀑峡原道返回，部分人到子房湖畔小憩，我和几位游客按照导游指引的方向，沿着一条坦路向西折去，行约里余，便见一条溪水潺潺流下，踱步小桥之上，流水声汩汩悦耳，隐约间伴有低音轰鸣，向北方怅望，蓝天深邃，白云数朵，一座山峰托天而立，峰顶上似云似雾，朦朦胧胧，轰鸣声当是源于这里。过了小桥，溪流的右岸，有一条洁净的石板路，向北方延伸，我们沿着小路向声源方向快步走去。

导游为了照顾大多数人，留在山下没有上来。她告诉我们，这条小溪流经的地方叫泉瀑峡，全长 3 公里，与刚刚游过的潭瀑峡只有一字之差。两峡呈“八”字形分布，潭瀑峡在左，以潭多为美，泉瀑峡在右，以泉多称奇。潭瀑峡又名“小龙溪”，泉瀑峡又名“老潭沟”。从名字上看，小龙溪有青春靓丽，活泼可爱的含义，老潭沟则有老成持重，内涵深厚之意。两条溪流共同的美都体现着潭、泉、瀑、石这四种景物上。泉瀑峡的路似乎要比潭瀑峡的路平坦一些，坡度小一些，大多数路段都可以放开脚步快速行走。因为导游给我们限定的时间是 2 小时，所以，我们只在几处有特色的景点做了短暂逗留，拍了几张照片留作纪念。

国内大多数旅游景区的拍照最佳地点都被个人承包了，来云台山还没有看到这种现象，任游人自由选景，十分惬意。当我们感觉到北方的轰鸣声越来越近，几乎听不到其他声响的时候，我们的脚踏上了一段类似栈道的路面，右侧是陡直的山体，左侧是湍急的溪流，头顶上的树冠在不住地滴水，走下“栈道”，面前是一小片开阔的地带，定睛一看，是一汪清潭，有金鱼和锦鲤在游动，水面上铺设着木板路，一些人在俯身向水底察看，走近一问，才知道他们在寻找娃娃鱼。我没有看到，因为赶路，拍了几张照片就继续“北上”了。此时，除了轰鸣声更大之外，空气中似乎弥漫着细碎的水雾，小路上参差的树木都挂着晶莹的水珠。转过一处弯道，抬头一看，不得了，一条白色的玉柱顶天立地，闪着耀眼的荧光。这就是著名的中华最高瀑——云台天瀑！虽然距离千米之外，俨然如挂在眼前一般。

溪流随着山势婉转而下，水流也比下段更湍急，水底有裸石突显，溪水时而旋转涡流，时而跳荡奔放。沿着溪边的石板路，在树冠下穿行，浓密的树荫遮挡住视线，溪流声、人语声，阵风穿林打叶声，都淹没在天瀑的轰鸣之中。

攀上一道山梁，眼前豁然开朗，脚下是一片深谷，招摇的树梢环抱着一汪深潭。那潭水被气雾浮笼，看不清颜色，也测不出深浅。正北面山峰绵延，向阳一面绝壁峭立，百丈有余，壁缝中生长出散在的树木，有的直立，有的横探，有的倒挂，点点翠绿，使得赤壁饶有生机。崖顶突兀，形似驼峰，天水涌来，奔突直泻，犹如一幅素练，倚天高悬。那飞流直抵泉潭，炸得飞萤四起，随风飘散数里，所以才有来时路上的无雨垂珠。经专家测试，天台飞瀑垂直落差 314 米，堪称“亚洲第一瀑”。这正是：

太行南麓岳之巅，
一注飞萤挂远天。
声若炸雷轰壑谷，
炫如彩练耀平川。
长沟跳荡波涛涌，
凤鸟翩然壁上旋。
莫恋江南多水韵，
云台垂瀑第一观。

云台山红石峡

彩图

（四）我行我思红石峡

子房湖的南岸连接着另一条大峡谷，叫红石峡。这一条峡谷的地质构造年代较早，地质学家在黑龙潭发现距今30亿年的锆石。地球的年龄也不过45亿年，云台山早在太古宙就已有之。红石峡属于典型的丹霞地貌，像是神人用开山大斧劈就的一样，站在谷底向上望去，只能看见一线长天。类似的“一线天”，以前也曾见过，如青城山、黄山以及峨眉山的黑龙江栈道等处，但其雄险奇幽之境远不及红石峡。红石峡全长1500米，两岸红色的岩壁垂直而立，谷深竟达140余米，其雄可敌长江赤壁。岩壁经多年的水蚀消融，在半空中自然形成狭长的甬道，今人在离谷底数十米的高空架起一道桥梁，站在甬道向桥上探看，或站在桥上向远处的甬道望去，可谓游人如蚁，上面青天朗朗，下面白水翻腾，虽华山之险或在其左。在岩壁相距最近处，竟有巨石嵌在其间，名为“试心石”，敢于在石下通过的人，被认为是心诚之人；在空中甬道上行走，向谷底俯瞰，水流细缓处，有一方方正正的大石头，突兀出水面，这是著名的“棋盘石”；再向水深处看去，但见飞烟之上，有七彩霓虹悬挂，环视半空中熙来攘去的人群，真恍若是“仙之人兮列如麻”，这离奇之景，真乃是李白天姥之梦再现。红石峡位于子房湖的下游，最南端是云台山的南大门，由于海拔较低，峡谷窄而且深，谷内湿度较大，温度适宜，山石光润如玉，草木四季常春。沿下游向上踱步，像置身于一个放大了的盆景之中。想来这幽邃之谷，曾有多少骚人墨客徜徉于此，诗意随流水万古畅达，丹青印赤壁百世芬芳。又有多少逸民先哲居此心苑，红尘看破傲骨挺千仞，青崖放鹿浊酒吞十觞。

我行我思，我为红石峡的雄险奇幽赞叹，我为中华文明史的正写感慨。光阴不可留，岁月信有痕。每一驻足处，必有文化生。自然之魂与文化精灵的契合是以劳动为媒介的。脚下的每一级台阶，栈道的每一根护栏，都是勇敢的劳动者用血汗甚至是生命砌就。记得那一年，我在青城山脚下，见到一位老人，说是老人，其实也不过50多岁，还没有我现在的年龄大，身体瘦弱，体重约有40公斤。他着一身半旧的蓝色衣裤，背部可见处满是白色的汗渍，右手提着一个袖珍“拐杖”，这“拐杖”与我手里的两块钱买来的拐杖大相径庭，是用直径4到5厘米的竹筒制作的，呈丁字形，手攥着的横管与镶在横管中部的立管几乎等长。他后背驮着大半袋水泥，混杂在游人之间，沿着通往山上的石阶一级一级向上攀爬，很远就可以听到“拐杖”点击条石的声音。他每爬上几十米就转过身来，将手里的丁字形“拐杖”支在水泥的下面，大口喘气。当我走近他的身边时，发现他的呼吸声简直就是哮喘急性发作时的哮鸣音，边呼吸边被动地点着头。待他的呼吸平稳一点时，我问他，运一次水泥给多少工钱，他一面摆着手一面说：“没有好多钱的！”从这里到天师洞大约 5 里路，晚上我从山上的道长那里得知，工钱是一块五角钱。有谁没向往过美好的愿景，又有谁不是一步一步走完脚下的路。鲁迅说：“路是人走出来的，走的人多了就自然有了路。”是的，任何一条路都不是一个人走出来的，尤其是你走在现成的路上，你该知道这筑路人的辛劳。当你登上一座座山峰，当你陶然于自然山水之间，你该知道有多少人为你铺平了道路。如果有人赞许你成功，你该知道这成功里大部分凝固着别人的劳动。

从新郑到洛阳，从嵩山到云台山，虽然只走了中原的几个点，但是，连日来，无时无刻不在中原文化的熏陶之中。感觉到自己的眼界更开阔，思想更充实，更加热爱我们的祖国山河，更加感恩创造华夏文明的劳动人民。

再见，红石峡！

再见，云台山！

再见，中原大地！

地造天成三亿年，
丹霞骤裂兀中原。
黄龙吐瀑黑龙隐，
白雾蒸腾碧露涟。
翠染苍苔藓谷底，
刀削赤壁泻清泉。
悬虹深涧织幽梦，
北望子房湖更蓝。

云南石林阿诗玛

第四篇　云南印象

中华民族是一个多民族共存共荣的大家庭，我们在多元化的文化氛围中创造文明。

云南罗平
彩图

一、善良的彝族导游

早听说云南风光秀丽，四季如春；民族众多，文化底蕴丰厚。期盼了很久，要到彩云之南看看，终于成行。

飞机在昆明机场降落已是接近午夜了，带着大巴车前来接机的是一位中年男子，中等身材，体态适中，背上背着一个双肩包，上身穿一件浅蓝色夹克衫，下身着一条深色长裤，疏发之上扣着一顶白色鸭舌帽，帽檐下是一副近视眼镜，黑黑的眸子透过镜片，环视眼前的每一位黑龙江客人，很快便点清人数，将我们带离机场。车上，他向我们做了简单的自我介绍，说他是彝族人，今年 39 岁，从事导游工作快 20 年了，姓廉，叫他廉导就行了。

由于时差的原因，昆明的早上 7 点钟，天还黑着，为了赶时间，我们就上车出发了。这一天的行程是：途经楚雄、大理，然后夜宿丽江。廉导从早上叫早到安排早餐、从清点人数到准备途中饮用水，一直忙个不停。我想昨晚（与其说是昨晚，不如说是今晨，因为走进客房已是凌晨 2 点钟了）他比我们休息得还晚，他最多能睡 3 个小时，今天又要坐一天的车，导游这个职业也是真够苦的。我上车较早，坐在了最前排的位置上，廉导站在我身旁面向大家，我觉得我的这个座位应该是廉导的，于是就走到了最后一排。他没有坐下，一直背对着行车的方向站着和大家讲话，在一天的行程里，除了午间休息，他一直保持着这个姿势。光是站着还不算，还要不停地说话，为了不让大家听觉疲劳，还不时地抛出一两个小幽默故事逗大家乐。人们常说，有些旅游的人，上车睡觉，下车尿尿，见佛烧香，见景拍照，回来一问啥也不知道。如果你要是遇上廉导这样的导游，可就不一样了，一天下来你会觉得听了一天的大课，收获颇多。首先，他建议大家入乡随俗，统一称谓，按照彝族的习惯，男的叫阿黑哥，女的叫阿诗玛。接下来他把彝族的历史、发展现状、民风民俗做了详尽的介绍，并将彝族与相邻的其他少数民族以及汉族人的关系、文化差异作了分析，很快就把我们带入地域文化之中。一路上我们隔着车窗远眺连绵不断的青山，青山脚下是一块块黄绿色的梯田，在田野里劳作的人们大都是女性。廉导告诉我们，在彝族人居住的地方，你能看到的劳动者基本上都是妇女，男人一般都是待在家里，但也不是闲着，有的从事民族手工艺制作，有的专攻棋琴书画，有的制作或演奏民族乐器，也有少部分人聚集在一起饮酒喝茶或打牌。我们在大理的一处服务区看到一位妇女，年龄在三十几岁，个子不高，背上背着一个刚满一岁的娃娃，鞋子丢了一只，全然不知。我问她，这个娃是男孩还是女孩，她回答是男孩。她在启动一辆带后斗的三轮摩托车，斗里装着有一米多高的废纸箱和杂物，当她骑上去开走时，孩子就夹在她的后背和废纸箱之间。我们都认为这里的女人真苦，而廉导告诉我们，这里的女人很开心，很神气，因为她们都是家庭的主人，有经济大权在握，男人只是从属地位，男孩不吃香，这里是重女轻男的。廉导家有一个女孩，读小学 4 年级了，妻子是汉族人，在教育系统工作。他说，我家有个阿诗玛，她是全家人的骄傲和希望。

廉导对佛学很精通，我们在临回来的头一个晚上，旅游团成员集体吃了一顿团圆饭，特约了廉导参加，我让他靠近我坐下，觉得他人不错，想跟他叙叙别情。下午在路上，因为车子是封闭的，高原氧气又相对稀薄，所以有些闷，我把最后面的一个车窗打开，没想到一位女游客装在塑料袋的鞋子被风吹了出去，车停下时已经有三四百米的距离了。廉导抢在我的前面奔跑，不让我去取，我的心随着他脚步在跳跃，他真是一个好人。在车上，他不停地说话，因为这是他的工作，在餐桌上他却一言不发，离他远的菜，他不去夹，最后他把饭碗里剩下的几个饭粒全部吃下，把筷子放好，静坐在自己的位置上。我感觉他好像没吃饱，用公用筷替他夹了一张饼，他说了句谢谢之后把饼慢慢吃完了。记得有一次去河北安国，在饭店里吃饭，一位同事先吃完了就起身到外面吸烟去了，邻桌的一位当地人问我们是哪里人，他讲，在安国，如果先离席视为不礼貌。我想，廉导是深谙饮食文明的。我试探着向他请教佛教的地域差异以及藏传佛教、印度佛教和南传佛教之间的本质区别。他讲，我国内地信奉的佛教基本源于印度的大乘佛教，南传佛教信奉的是小乘佛教，主要流行在我国的西双版纳和东南亚地区。

在现实社会里，经济规律是社会运动的重要组分，每个人都不可能脱离社会而独自生存。经典的政治经济学在社会分配领域强调二次分配理论：第一次分配是个人的劳动直接所得，相当于工资或酬金；第二次分配是社会统筹后以待遇或社会福利兑现；而在一些特殊行业里却有介于第一次分配和第二次分配之间的另一种可缩性分配，往往以奖金、分红等形式存在。医院一般以科室为单位，根据科室经济效益和个人的贡献大小在固定工资的基础上，另外发放适量的效益工资或奖金，作为第一次分配的补充。而旅游业第一次分配的自由度很大。廉导说，他的固定月工资是960元，其他收入来源于游客的购物提成。如果所带的团队经济实力强、购物量大，他的收入就自然会多一些。导游怎样激起游客的购物欲望是一门艺术，当然，这要以不突破道德底线为基础。廉导陪了我们9天的时间，他当着大家的面公布了购物的总额，还有他自己应得的提成金额，提成部分由公司发放，公司在规定时日内确认无举报、无投诉，才可领取。在大批量购物之后，廉导要询问大家所购物品是否满意，有不满意的他帮助退换。他对玉制品有鉴赏能力，发现有的游客买的翡翠玉镯与价格不符，就主动帮助调换。

旅游业与医药界有很多共性之处，就其分配模式而言，都与经济效益挂钩；就其社会属性而言，都是服务行业。所以都在社会效益与经济效益中寻求平衡，社会上对这两个行业颇有微词也是在所难免的。其实在这两个行业中从业的人员，大多数都是有良心的。所谓良心，就是自我道德评价。最美女导游文花枝，为了保护游客的生命，自己缺失了一条腿。我身边的同事们，为了抢救病人的生命，夜以继日地辛劳。他们都是热爱生命、热爱生活的人，他们的行业属性决定了他们必须总是在为别人谋幸福。医生让人们从健康中汲取幸福，导游让人们从快乐中体现幸福。在人们不断的追求幸福的时代，为了他人的幸福而活着的人，他们是不是也在感受着幸福呢？确实也有一些人，不能守住道德底线，损害病人或游客的利益，使本来阳光的行业蒙上灰色。我们更应该看到，有文花枝、廉导和我身旁的医务工作者乃至千千万万的服务业主流大军，会给人们带来更多的快乐与幸福。

我在塞之北，
君居七彩南。
幸福他你我，
快乐满心田。

廉导再见！

云南西双版纳

彩图

二、先进的傣族文化

美丽的西双版纳位于横断山脉的南麓延伸部分。小学地理书中关于横断山的描述，记忆深刻的是山脉为南北走向，而其他山脉都是东西走向。再后来，看了大型舞蹈诗史《东方红》，听了萧华写的歌词：横断山，路难行……觉得横断山既遥远又神秘。这一回亲自踏上了这条山脉，置身于这热带雨林之中，确乎有一些新奇之感。这新奇之感不仅来源于从未见过的参天大树、奇花异草和奔流的澜沧江，更来源于我所领略的少数民族的先进文化，尤其是傣族的文化。

傣族人口大约有 120 万，98%居住在云南，有自己的语言和文字。即使是一个民族，也有不同的服饰和习俗。生活在西双版纳州的傣族人被称为版纳傣：男人穿深色衣裤，上衣没有衣领，裤子肥大而短，想必是为了散热；女人上身着紧身短衫，露脐，下身穿随形筒裙，齐踝，自幼以银腰带束腰，所以三围均称，右颞顶部发间插一束鲜花，走起路来，翩翩然婀娜多姿。傣族人只有两个属相，男人属大象，女人属孔雀。所谓属相，就是人类对动物图腾的崇拜。汉族人把属相和纪年的天干地支结合到一起，形成生肖文化。从出土的秦代竹简里曾发现古人早在2000多年以前，就已经完成了属相——动物——地支的匹配对应，只是和现代的对应略有差异，如现在的“马”，那时取用的是“鹿”。到了汉代，属相对应和现在已经完全相同，王充的《论衡》中有着详细的记载。傣族人的属相内涵，比汉族人的属相内涵简约得多，就是对大象、孔雀的图腾崇拜，没有其他烦琐的推理和演绎。

今天我们要去一个傣族村参观，导游是一位傣族女士，端庄大方，语言风趣。她向我们介绍说，傣族崇尚女权主义，重女轻男的程度比彝族人有过之而无不及。谁家要是生了女娃，便招摇过市，到村长家报告，村长便通知全寨子的人饮酒庆贺。要是生了男孩就没有这个待遇了，等到8岁时送到寺院里学佛，同时学习文化课和生产技能，到成人时还俗。在学佛期间，可以回家探亲，但不许留宿。还俗后可以回寨子生活，也可以考学，或进入佛学院深造。这样一来，青少年犯罪率几近于零，对社会稳定有着积极的作用。女孩到了入学的年龄，全部享受义务教育，之后可以上大学或回寨子参加生产劳动。男女可以自由恋爱，都是男方主动追求女方。

我们来到一家傣族人的院落，住房是用木材和竹子建造的一幢二层小楼，楼板是用木板铺就的。楼下是存放柴草、生产工具和牲畜的。楼上是居室，客人可以到楼上做客，但要在门外脱鞋。导游调侃游客，告诉大家不可以窥视主人的卧室，一旦违规，要留下做3年的苦力。单身男人如果看中了哪家的女子，就在夜晚拿着竹竿在女家的楼下捅楼板，位置要正对着女子的卧室。如果捅错了房间，可就麻烦了：捅到了老蜜桃（老女人）的楼板，就要挨打或受罚。女子要是接受求爱的男子，就答应去寨子首领那里说明，婚事就有望了；如果不同意就由家人把求爱者赶走了事。男子结婚要入赘女家，做3年的工，然后再搬出去另立门户。老去时，不给子女留任何遗产，全部捐献给寺院，寺院用来培养“小和尚”。

我想，家庭是社会的细胞，是私有制起源的组织基础，家庭不以私人积蓄为经济活动的目的，社会上私欲膨胀的人就会极少。私欲膨胀是现今社会的万恶之源，任何的奢侈，都是自私的虚荣心的满足的过程。在这个过程中，无论是一掷千金的富豪，还是打肿脸充胖子的人，都以浪费资源为代价。傣族的生产方式、劳动工具并不先进，但是他们在意识形态领域却是领先的，他们的生活本身就是对美的追求和阐释，他们讲究对自然资源的保护性利用，讲究人与自然的和谐相处，他们没有蓄财的习惯，人与人之间的贫富差距很小。

我们中华民族是一个多民族共存共荣的大家庭，我们在多元化的文化氛围中创造文明。按照斯宾格勒的文化形态学，八大地域文明之中，古中国是有一席之地的。而这一文明是我们多民族共同创造的。柏拉图的智慧、勇敢、节制、公正四大德目以及他的“理想国”，至今未被任何一种意识形态所接受、复制和延续，而傣族人固有的智慧、勇敢、节制、公正内涵的文化却传承至今。如果真的想做到低碳节能、科学发展，那就好好向傣族同胞学习吧，历史与现实曾经和正在证实着傣族文化的先进性。至少我是这样认为的。

漫步傣家寨

今游中缅第一寨，
日丽金辉勐景来。
学院群僧禅地坐，
街头老幼舞高台。
蜜桃敬客偷泼水，
神树尊贤抒臂怀。
靓傣南疆花万朵，
各族并蒂向阳开。

雨中的西双版纳桫椤谷

彩图

三、桫椤谷里的克木人

西双版纳最令人神往的当属热带雨林。这里不但有着秀丽的自然风光，还蕴藏着古老的民族文化。来到云南已经一周了，每日都是晌晴的天，到西双版纳的景洪市，天气依然晴好。第二天，我们来到一个叫桫椤幽谷的地方，车子刚到山路口，小雨便淅淅沥沥地下了起来。很显然，这小雨是为我们而下的，从北大荒途经八千多里路来到这里，要是见不到雨，怎么能真正感受到热带雨林情趣呢。因为我们三个男同志没带雨伞，迟疑了半天才下车，导游带着大队人马先进山了，我们在后面大步紧赶。

雨林的树木枝繁叶茂，树叶比北方的硕大得多，几乎把小雨全部接住，即便不打伞，也淋不到身上。但脚下的路有些湿滑，必须低头看路。猛然间，半空中有人大喊“呼哈!”惊悸未了，但见头上一个少年手握藤条，从路右面的一棵大树上荡到左面的大树上，接着是怪异的叫声。也许是出于本能，也许是故作镇静，我们都不约而同地应和了一声——“呼哈!”而且声音比来自空中的还响。那少年体形瘦弱，裸背赤足，立在接近十米高的树杈上探头向下张望，在他对面二十来米处的树上，有一个用树枝和茅草搭建的“阁楼”，也就三五平方米大小，门前的树杈上也站着一个少年，着一身深色衣服，看着我们从林荫下走过并不作声。我们多少还是有些紧张，加快脚步赶前面的队伍。也许是我们这里的喊声惊动了前面的导游，她已经等在转弯处的石阶上了，见到她的同时也听到了不远处人群的喧哗声。大家见我们跟了上来，就笑着向我们大喊“呼哈”，这时我们明白了，他们也经历了和我们一样的境况。

在我们会合的地方，有一块不太显眼的木牌子立在灌木丛中，上书“桫椤幽谷”四个大字。以前听说四川有一个桫椤谷，因谷里生长大量的桫椤树而得名。桫椤树是一种古老的珍稀树种，它的出现要比恐龙早一亿多年。树身不高，只有两三米高，叶子刚好成了恐龙够得着的食物。侏罗纪恐龙灭绝之后，随着地质环境的不断变化，现在世界上只有星星点点的几处热带或亚热带雨林保留下来为数不多的桫椤树，被列为国家一级濒危植物。因为这一路有些怯生生的，再加上下雨，也没敢拿出相机来拍照那些“鸟人”，在导游的催促下，也没来得及分辨出哪棵是桫椤树，草草地拍了两张照片就跑到队伍里了。导游点好了人数，对大家讲，这里是人迹罕至的热带雨林，居住着一群少数民族，叫克木人。这个民族隐居在密林深处，不与外界交往，直到 20 世纪末才被发现。新中国成立初期，西南边疆与老挝、越南、缅甸的边界在局部地区存在模糊现象，好多民族在我国的西南边区与中南半岛之间，呈现政治、经济、文化以及习俗的融通。新中国成立后，周总理与缅甸当局协商划定中缅边境，当时有争议的地域有两块：一是盛产翡翠的密支那；二是可以种植橡胶林的西双版纳。考虑到民族工业兴起急需原料，于是，就把西双版纳划归中国，把密支那划归缅甸。游弋在中缅边境的克木人一部分定居在西双版纳的，就成了中国人，大约有两千人。在中南半岛的其他国家也有一部分克木人，与西双版纳的克木人同祖同宗。发现这个民族是在 56 个民族确定之后的事，国家把他们暂定为未识别民族，划归布朗族族系，不叫克木族，而叫克木人。由于克木人的人数太少，尽管族群有严格的婚姻制度，但是近亲繁殖在所难免，以至于民族身体素质呈退行性变态势。为了增加族员人数，女孩15岁就可以结婚生子。女人的个子普遍矮小，男孩在婚前只可以在树上居住，有女孩求偶，用竹竿在下面捅他，才可以下到地面上来生活。

我们边听导游介绍边向密林深处行进，这时，前面出现一群年轻女子，着装类似傣族妇女，只是裙子很短，个子小得像学龄前儿童。她们穿插在我们的中间，像要拉我们上山一样，相互手牵着手，续成一字长蛇阵，先是笑语盈盈，待走到一片草坪时，便围成一个圆圈，载歌载舞。导游告诫，她们可以随意拍打你身体的某些部位，表示她喜欢你，但是你不可以拍打她，否则要惹来麻烦。一阵欢呼雀跃过后，我们每人捐出十元钱，交到一位年长的老妇人手中。克木人仍保持母系氏族社会的原始制度，权力最大的是老妇人，其次是舅舅。最后，女孩子们为我们每人戴了一顶树枝编织的“伪装帽”，我们照了一张合影，就分别了。

继续往前走，在一个山坳里有一座用木头搭建的房子，有屋顶，没有四壁。整齐地摆好了一排一排的长条板凳，对面是一个大舞台，上面走动着几位少男少女，衣着与路遇的克木人没什么两样。小伙子们见有游人进来，就有人跳下舞台与大家打招呼，依然是两个字——“呼哈!”我们也还以同样的喊声，一个胆子大点地坐到我们中间，伸出两个手指，会吸烟的人马上就明白了，掏出香烟递过去，于是台上的少年就都跳了下来，示意要烟，接过烟之后，用笑脸表示谢意，并与我们开起玩笑来了，他先说一声“呼哈”，我们回一声“呼哈”，反复加快的喊，突然他喊了一声“哈呼!”我们中的一位先生也回了一声“哈呼”。小伙子竟然要奔过去与他决斗。这当然是玩笑。但是，在克木人中有个习俗，“呼哈”代表欢迎，“哈呼”代表决斗。少男少女们给我们每人赠送了一个陶制的牛头挂件，然后跳了三曲民族舞蹈，还唱了一首克木人的歌曲。在原始森林里，享受着原生态的表演，两个民族和谐相处，大家其乐融融。因为我们在路上捐过钱了，所以他们的表演是免费的。在大理、在丽江、在景洪，哪一场演出的门票不是昂贵的？而他们的朴实给我们留下了深刻的印象。我们走了很远还能听到他们的“呼哈”声。

雨林物竞看桫椤，
总理争留克木哥。
“呼哈”回应亲且近，
大同国里万民和。

昆明市翠湖公园 1

彩图

四、翠湖轶事漫想

2016 年 3 月，赋闲在沈阳女儿家，女儿为我们预订了去西双版纳旅游的团票，我和爱人提前一天乘飞机抵达昆明。入住酒店后，得知这里附近有一座公园，叫翠湖公园，是一处休闲的好地方。我俩按照服务生指引的路线，很快就来到了公园的大门口。公园是开放式的，栅栏被一带翠绿的树木掩映着，大门只是这一带翠绿的一个缝隙，从这个缝隙走进去，一汪湖水映入眼帘，这湖水平展如镜，参差树木、亭台楼阁倒映水中，极像一大块顶级有红蓝杂色的天然翡翠。我们沿着一条长堤向湖心漫步，湖心是一座小岛，也是阮堤和唐堤交汇点。我们知道，杭州西湖有苏堤和白堤，分别是苏轼和白居易在当地为官时修建的。而这里的阮堤和唐堤，也是清代和民国两位地方官员，效仿古人修建的，并以他们的姓氏命名。我站在湖心岛把目光望向远方，无论是白苏，还是阮唐，他们修建湖堤的目的都是为了老百姓生产生活的便利。但是，白居易和苏轼即便是不修建湖堤，在后人心中也自然是唐宋文学的巨匠；而阮唐二人，即便是把自己的姓氏筑入湖堤，也不可能流芳百世。不是吗？若不是学历史的，谁还记得清中晚期和民国初年，有阮元和唐继尧这两个人？早已是“荒冢一堆草没了”。

也有效仿古人做善事，但并非为了名利的。接下来，我们又发现一个发生在翠湖公园里的另一个效仿古人的故事：现代人吴庆恒，一位极为普通的老人，在翠湖与红嘴鸥结盟。凡是来过这里的人，无不为他的事迹所感动。

吴老的家距离翠湖20多里，他每日带着食物步行来到翠湖公园，喂养从欧洲迁徙而来的鸥鸟；精心地为受伤海鸥治疗，使它们一一康复。他还给这些小精灵起了极有特色的名字，呼之即来。吴老和这些海鸥结成了亲密无间的铁朋友。他每个月300多元的退休金，除了维持最低生活标准开支外，都用来购置鸟食，以至于最后自己患病时，没有多余的钱享受有效的治疗。当他离世后，人们把他的画像摆在湖滨时，大群的海鸥围着画像起舞鸣叫，久久不肯离去。

鸥鸟与人类交朋友的故事，古已有之，最早见于《列子》一书的春秋篇里。一个天真无邪的少年，整日在海里捕鱼，海鸥围着他的渔船翻飞唱鸣，和少年嬉戏玩耍，虽然他们不能有语言沟通，但是，少年的一举一动，鸥鸟们都心领神会。他们是在用心交朋友。有一天，少年的父亲对他说：“你这么容易接近海鸥，何不抓回几只来享用?”少年觉得父命难违，就勉强同意了。第二天，他依然出海捕鱼，可是，海鸥好像预先知道了少年的意图，围着小船盘旋不已，但却没有一只靠近少年。少年没能得手，只好沮丧地回家了。海鸥并非神鸟，不可能预先知道今天会有危险，人或者动物，其表情、神态以及肢体语言，都是内心思想的流露，越是知心的朋友越看得出来。

吴老早年能就读于西南联大，应是青年中的翘楚。他后来隐于村野，与鸥鸟为盟，颇有些逸民风度。王维曾有这样的诗句：“野老与人争席罢，海鸥何事更相疑?”意思是，我已经从官场退隐出来了，可是，海鸥仍怀疑我心不诚，不与我结盟。实际上，王维形式上是辞官归田，但是心依然没有走出官场，所以，鸥鸟不愿意与他结盟。看来，吴老比起那少年渔夫和诗人王维来，与鸥鸟为盟的心是至真至诚的了。这种人与动物的和谐相处并非作秀，是实实在在发自内心的，所以，滇人在翠湖公园为其雕塑了一尊等身塑像，更有人把他的故事编入了教科书。

翠湖，原本与滇池是水脉相连的。800多年前，由于多次兴修水利，致使滇池水位下降，且滇池与翠湖的水道出现阻隔，翠湖由原本属于滇池的一个湖湾，变成一个孤立的湖池。人们这时发现在湖的东北部有九个活动的泉眼在汩汩流淌，这里便是湖源所在。于是被命名为“九龙池”。此后不久，元末明初，时称六大王之一的、南北转战、攻城略地的抗元名将沐英将军镇守云南，将九龙池圈入昆明城内，绕湖栽种了大量的柳树，并建了一座“柳营”，牧马柳林，演兵湖畔。沐英的这一举动，并非别出心裁，而是效仿一位古人，即汉初大将军周亚夫。当年，周亚夫屯兵“细柳营”治军严谨，司马迁在《史记》里有过详细的记述。沐英建柳营，是效仿他的偶像周亚夫，立志做一位严于治军，百战不殆的民族英雄。

沐英的轶事，发生在元末明初之时，到了明末清初，翠湖又见证了一件带有效仿性质的历史事件。

吴三桂，本来是一名反清护明的著名战将，但是，当他看到袁崇焕等忠心耿耿的民族英雄惨遭朝廷杀害的现实之后，对大明统治者失去了信心，潜意识里已经有了自立门户、统领江山的打算。再加上他的舅舅已经倒戈，劝他降清。于是，他就效仿古已有之的借助外族（外国）势力成就自己大业的损招，引清兵入关，先镇压了李自成领导的起义军，又收拾了反清复明的残部。（蒋介石的攘外必先安内“国策”也许就是从这学来的。）他这种自己承认的“拒虎进狼”“抱薪救火”做法，实际是步了周幽王时借西戎兵平内乱、终致迁都的后尘。吴三桂与清廷之间各揣心腹事，相互利用，终于有一天，吴三桂起兵反正，先胜后败，只留下“吴三桂，引清兵”的千古罪名。

吴三桂的孙子吴世璠最后在昆明五花山翠湖边，被清兵剿灭。这里正是吴三桂缢死大明永历帝的地方。

古往今来，凡是投靠外敌，或依靠外敌分裂国家的人都不会有好下场。

不觉间，天已正午，我们来到了一处观鱼的地方，低头看了一会，与杭州西湖的花港观鱼大体相同。看着看着，觉得头顶阴凉了许多，湖面上散布着圆环状的涟漪，下雨了。这雨很是稀疏，雨滴却非常大，感觉像是砸下来的，天空中一片青云在移动，不到一刻钟，便雨霁云消了。浴雨的湖柳更加翠绿，爱人穿着一件红色的衣裳，依偎在斜柳旁，浑然是镶嵌在翡翠上的红宝石，我为她抢拍了一张照片，留作翠湖一游的纪念。

咏 翠 湖

丙申年暮春作于昆明

春染昆明绿亦深，
微风漫绕翠湖滨。
丛竹摇影轻飞叶，
斜树依人醉绿茵。
水面几颗急落雨，
半空数片慢行云。
鸥盟古曲今人唱，
九脉成池四序新。

昆明市翠湖公园 2

彩图

云南太阳河国家森林公园

彩图

五、漫步太阳河

从昆明出发，到西双版纳，一路都是宜人的风景，最让人流连忘返的是位于普洱市附近的太阳河国家森林公园。太阳河是一条蜿蜒于一片湿地的小河，周围被原始森林所环抱。

我们的汽车在沿河公路上行驶着，我想起了上次去西双版纳，途经野象谷，因为同属热带雨林，生态环境和这里是一样的。记得那次乘坐的也是一辆二十几个座位的中巴，行进间导游让我们从右侧的车窗看过去，有几只大象在河水里缓慢地行走，个头大小不一。还有两头小象，它们有的把鼻子探在水里，有的把鼻孔举向天空。任凭车子从它们的附近经过，依然迈着方步，只管前行。我们要求司机把车子停下来，近距离地看看象群。导游说不可以，这是一群野象，看上去温和，但随时可能对游人发起攻击。这件事已经过去好几年了，今天来到太阳河，会不会也能遇到野象呢？

每到一个景区之前，随团导游都会详尽地介绍景区的自然景观、人文特点以及注意事项。听完之后才知道，这里没有野象，但可能会看到犀牛。

进入景区后，感觉这里的山、水、草、木构成的画面极富立体感。山，离你很近，就在眼前，你用手机对准山林的树木拍一张照片，然后放大看，可以在其中发现好多只猕猴，在树丛里攀援，姿态各异。水，离你更近，就在你的脚下，你走在2公里长的木板桥上，看着水中油油的荇草，岸边舞动的金柳，天上悠然的游云，简直就是漫步在徐志摩诗里的“康桥”。百米之内的芳草丛中，三五成群的水鸟飞来飞去，洁白的羽翅拍击着水面，摇动着水中青山的倒影。站在浅水里的水鸟，把长长的脖子探入水中，叼出一条小鱼来甩头炫耀，一会，鱼儿不动了，水鸟才把它慢慢地吞下去。物竞天择，每一个野生动物都在食物链中的某一个位点上生存，谁也无法摆脱弱肉强食的丛林法则。

鸟类的出现，到目前为止，还不能确定具体的时间。有专家认为生存在恐龙时代的“始祖鸟”，就是鸟类的祖先。还有人认为，比这更早的2亿到2.5亿年前的石炭纪，就有鸟类出现，被称为“原鸟”。无论是始祖鸟还是原鸟，人们只是在化石里发现了与现代鸟类相同或相近的一些特征，还不能证实它们就是鸟类的祖先。姑且把它们假定为鸟类的祖先，也不过有2.5亿年的历史。而鱼类的历史则远比鸟类久远。因为地球上最早的生命起源于海洋，在4亿年前的奥陶纪形成的化石里就呈现出鱼类的印记，此后的泥盆纪，几乎就是鱼类的世界。

值得思考的是，鱼类作为有脊椎动物的先辈，跨界到陆地之后，维持鱼类特征的种群，并没有进化到食物链的峰端，继而成为后生动物种群的食源。于是，我似乎发现了一则规律：越是居于食物链最底端的动植物种族，它们的祖先越古老，进化越缓慢。鱼儿是这样，蕨科植物还有昆虫，不都是这样吗？

蕨菜，是我们日常可以吃到的山野菜，营养丰富，口感也好。营养学专家说，蕨菜所含的蛋白质、脂肪和碳水化合物，比例偏高，并含有大量的维生素和易于分解吸收的纤维素。近些年来，随着交通的便利，人们的脚步几乎无处不及，每逢采山菜的季节，没几天的工夫，被誉为“原生态食品”的蕨菜便被贴地割没了。还好，可食用的部分只是茎叶，而不是根块，蕨菜至今没有遭遇到野生三七、野生沙参那样几乎绝种的厄运。蕨菜作为蕨科植物中能被人类食用一个种属，之所以延续上亿年生生不息，和它在进化过程中，其根块不能食用太有关系了。

太阳河公园里是否有蕨菜生长，我不得而知。但是，作为一万多种蕨科植物中唯一的木本植物娑罗树，这里的山谷中还是可以见到的。恐龙是以娑罗树叶为食的，在食物链中居于上游，可是，到了6500万年的白垩纪晚期，“大哥大”全部寿终正寝了，而居于食物链下游的娑罗树却繁衍到今天，成为地球上的“活化石”，被称为“森林老妖”。

太阳河公园还有一个特色景观，就是蝴蝶特别多。蝴蝶作为“会飞的花朵”，与草丛中遍布的兰花，上下呼应，也使这里的风景更加绚丽，更加鲜活。不时地有成群的蝴蝶在栏杆上起起落落，五彩缤纷，妩媚灵动。

蝴蝶本是昆虫的一个分支，而昆虫的祖先是三叶虫。去年，我的几位朋友去临县的一座山上野游，在山路边捡到一块石头，竟然是一块含有三叶虫轮廓的奇石。石头是被人劈开的，断面上有一处3厘米×4厘米大小的凹坑，三叶虫的身形清晰可见，但虫体化石已不知去向。他们知道我喜欢这东西，就送给了我。看见它，我确信，北大荒在二叠纪之前原本是一片汪洋。

三叶虫最早出现在大约6亿年前的寒武纪，在3.5亿年前的二叠纪进化成有脊椎昆虫，它是节肢动物的祖先。节肢动物进化到距今1亿年前分离出蛾类，再过了大约5千万年，蝴蝶在蛾类的缓慢的进化过程中诞生了。她青出于蓝而胜于蓝，给大自然增添了美丽和灵性，也给后来的人类文化增添了些许色彩。

在太阳河国家森林公园看到的小鱼、蝴蝶、娑罗树，它们是地球上的活化石，它们都处于食物链的底端，它们不停地为后进化的生物提供生命支持，它们并不是有意识地施善，它们并不求任何回报，但是，这些物种的生命延续却是久远的。

思绪随着瞳孔的放大而展开，那山、那水、那蓝天、那生灵，和漫长的时间所构成的四维世界，赐予人类无限的梦幻空间，人们力图把无序的梦幻变为有序的现实，这就是生活。而宇宙给我们制定了宏大的规律以及子规则，让我们去遵守，如果地球人不去遵守，那就难以安于生活，甚至，连生命都可以终结。我们的先哲早就说过：

“天行有常，不为尧存，不为桀亡。”

自然规律与社会规律同理。

游太阳河国家森林公园即景

丙申年三月作于云南思茅

横断山峦奇趣多，
微风吹皱太阳河。
猕猴撒野腾空跃，
白鹤悠然踏浅波。
古木攀爬紫藤刺，
老妖寄命绿桫椤。
雨林三月晴无定，
虹下声声雨打荷。

彩图

云南南糯山

六、南糯山品茶

西双版纳勐海县有一座山，叫南糯山，是一座天然茶园。山并不高，汽车在山脚下停稳后，我们便沿着山路缓缓地向上走去。路是在原有的山路基础上整修过的，有的地方是山体固有的石面，有的路段是人工铺的石板，小路随山就势，蜿蜒曲折，坡度忽缓忽陡，路旁有一排竹管，和小路一直伴行。导游说，山上打井不容易，茶园灌溉、茶农生活都需要水，这排竹管子是引水上山用的。山里长满了高低的树木，多以乔木为主，树干都不是很直，树冠较为浓密，时而也能见到几株高挺的大树，导游说是香樟树，她指着樟树周围的几株矮树，告诉我们这就是茶树，从这些树上采下来的嫩芽，就是普洱茶。接近山腰处，左手边有一棵较为粗大的茶树，周围用木栏杆围着，游人不能靠近，只能在围栏外观看，树干粗短，树枝丰茂，连同树冠约有 10 米高，叶子的形状有些像杨树的叶子，深绿色，较为稀疏。导游让人们停下来观赏，听了导游的介绍，才知道这是一棵难得一见的古茶树，距今大约800年的历史，是南糯山的镇山之宝。老茶树每年春天依然发新芽，只是量很少，是世间少有的古树茶，弥足珍贵。

走了不到半小时的时间，快要接近山顶的地方，路左面的树丛里映现出一座小屋，门前站着一位身着少数民族服饰的姑娘，说着近似鸟韵的普通话，她那带有乐感的声音和美丽的笑容，把大家吸引到她的身旁，然后把大家让进屋里。

屋子里比外面阴凉多了，大厅的地面上摆着几排小板凳，坐下来歇口气，很是惬意。大厅的西侧有一排木案子，案子上摆着几个大坛子，案子的后面站着一男一女两个中年人，他们身后是大厅的西墙，靠墙有一排木架子，上面摆着好多小红盒子。大厅里另外还有两位年轻的女子，上身穿着带大襟的黑色紧身短衫，十分合体，下身着一条短裙，也是黑色的，步履轻盈，表情略显庄重，语言配合肢体动作，引导大家依次坐好。中年男子在不停地摆弄那些盒子，身边的女人面向大家，微笑着用眼睛来回扫视整齐地坐在他面前的衣着各异的游人，像是在清点人数。十几秒钟后，她开口说话了。她先是对大家的到来表示欢迎，然后道了几句辛苦，接着让那两位女服务生给大家倒茶。显然，她是本坊的主人。

每人接过一盅热茶后，在女服务生的示意下，喝了起来。有的用嘴唇抿了一下，然后咂咂嘴，边喝边品；有的一饮而尽，觉得不解渴，举杯还要。女主人笑着告知大家，不要急，大家慢慢品。接着她问大家，这茶好不好喝？这时，我好像明白了，发给这一小盅茶水，不是给解渴的，是让品味的。我的茶盅已经干了，做了一个吞咽动作，似乎有些回甘。于是也随和着大家说好。

女服务生又给大家重添上一盅，笑盈盈地，边倒茶边说，这一轮是换了茶的，大家再品品，有谁渴了不要紧，一会用大杯，随便喝。

这一小盅茶，很快就都喝没了。女主人又问，这一杯比上一杯的味道怎么样，有人回答说更好喝，有的说差不多。女主人也不解释什么，让服务生再倒一盅，大家在女主人和女服务生的三双眼睛的注视下，很快就喝干了。这时女主人的微笑里带了一丝认真，一本正经地问大家，这杯怎么样。大家都在吮舌咂嘴，不知该怎么回答。还是先前说更好的那位老哥，望着女主人举起手里的茶盅称赞道：这杯最好！女主人敛起笑容解释说：第一轮喝的是生普洱茶，第二轮喝的是熟普洱茶，第三轮是南糯山老树茶，并表扬刚才回答说最好的那位游客，真懂茶道。听她一说，我也觉得第三盅茶比前两盅味道要浓一些。

我们只顾喝茶，不知道导游什么时候进来的，导游告诉大家，这里距离山顶只有 200 多米了，今晚在山顶上吃晚饭，现在是 3 点多钟，5 点开饭。这里仅有这一间茶坊，大家喝够了再走，等我们下了山，就再也没有这么好的普洱茶了。说完，她就上山安排晚饭去了。

两位女服务生继续为大家倒茶，这一轮，先从靠门口的游客倒起。

第四轮茶品完后，女主人没有提问，直接说道："刚才大家喝的仍然是老树茶，但是，这杯茶具有一种特殊的香味，就是樟香。为什么茶叶里会有樟香呢？不知大家上山时有没有看到，有些茶树和樟树距离很近，它们的树根在地下盘结在一起，有汁液相互交流，这样一来，茶树也和樟树一样，不生虫子了。不生虫子，就不用打药。大家想一想，不打药的老树茶，不就是野生有机食品吗？"

"可惜，这种茶叶太少了，很难买到。"女主人接着说："中国是茶叶大国，经过加工的茶叶，分为绿、白、黄、青、红、黑多个系列。常喝的龙井，就是绿茶，加工时没有经过发酵的过程；银针属于白茶，经过轻微发酵，茶色偏淡，黄茶发酵也比较轻，茶色淡黄，如霍山黄芽；青茶是半发酵茶，如乌龙茶；红茶属于全发酵茶，如祁门红茶；黑茶属于后发酵茶，普洱茶属于黑茶。"

女主人见大家听得认真，又继续说："普洱茶，因为是后发酵茶，便于储存，年限越久越好喝。大家刚才走过的山路，就是当年运输茶叶的马帮踏出来的路。我们都是哈尼族人，祖祖辈辈生活在这大山里，靠种茶、育茶、贩茶为生，这里的人们非常勤劳，80 岁的老婆婆还能爬树采茶。各位贵客难得来这里一次，买一点普洱茶回去做纪念吧！"

这时，中年男子把普洱茶饼摆到案子上，分成三堆。女主人指着左边的一堆说是生普洱，中间的一堆是熟普洱，右边的一堆是老树普洱。生熟普洱价格一样，老树普洱价格要上千元一坨。

我望着这些茶叶，回想刚才走过的山路，山路上的石板，路旁的输水竹管，都是生活在大山里的哈尼族朋友，用勤劳的双手铺设的，古树上的叶子已经没有几片了，预示这里的资源有限，维系这个原生态茶园并靠着茶园创收，很是不易。虽然我家里的茶叶已经够喝了，我还是要买一点，带回去作为礼品送给亲朋也好，生普洱和熟普洱各买两坨，老树茶就不买了。我们团队是四面八方聚集一起的，好多南方人，他们的家乡肯定也不乏各种茗茶，但是，他们也都多少买了一些。有几位看上去较为绅士的游客，买了不少老树茶。那中年男子摆弄过的小红盒子，是用来装茶叶的，现在几乎都派上了用场，五位哈尼族朋友忙得不亦乐乎，他们沁着汗水的脸上，笑容比滴露的山茶花还要灿烂。

大山南糯碧苍苍，
雾锁林园普洱香。
古道弯弯马帮过，
岩泉沥沥野花芳。
八旬老母轻爬树，
千载茶根结友樟。
历代哈尼清静地，
养心益寿羽仙乡。

云南大理洱海

彩图

七、洱 海 情

从西双版纳转回到昆明，我们原定的旅游路线就已经走完了，可是爱人还没有去过大理和丽江，为了不留遗憾，我们决定再报一个旅行团，把该看的地方都看看。

在楚雄住了一宿，休息得很好，第二天吃过早餐，大巴车继续上路前行。昨晚上车时没有对车子仔细观察，早上心静，借着温柔的晨光，我看清了，这是一台崭新的沃尔沃大巴车，既舒适又漂亮。快到中午的时候，汽车在一个村庄前停了下来，导游小姐下车了，替换他的是一位中年男子，中等身材，身无赘肉，着一身黑色西装，趁着他那黝黑偏瘦的脸庞，看上去是一位干练之人。他一只手紧握着车门旁的扶手，用另一只手和大家打了一个招呼，就再也没有讲话。

车子进村后，停在路旁的一个大院子里，这是吃午餐的地方。

半个小时后，大家按时上车坐好，黑衣男子坐到了司机的位置上。他转过头微笑着向车内环视了一周，然后问大家是否吃饱了，大家说吃得不错。他的脸比刚才笑开了一些，他说：

“你们交了多少团费，自己都清楚吧，公司安排的午餐标准是 10 元，我给你们每人加了 10 元，吃的是 20 元的标准。”

他看大家的脸上都有些愕然，就说：

“我是白族人，说话直白，信不信由你们吧。”他见大家还在愣神，就问有没有谁落下什么东西，如果没有，我们就出发了。有人说司机还没有上来，白族男子说：

“这车是我的，接下来我既是司机也是导游。”

车子启动了，一连串的疑惑留给了游客。

因为刚吃过午饭，大家都困了，一路无语。

汽车稳稳地行驶在高速路上，估计一个小时的光景，汽车向左方岔道拐去，停在了一个大湖泊的岸边。

白族男子站起身来，面向游客，注视了一会，开始“解惑”了。

他告诉大家，他姓杨，白族的习俗是管男人叫“阿鹏”，称呼女人为“金花”。这几天我们在一起，叫他杨阿鹏就行了。

游客参团的团费实在太低了，旅游公司只能压缩成本，不然就要亏本经营。所以，午餐的食材和量都不理想，为了保证大家的饮食安全和舒适，杨阿鹏凭借自己的面子，恳请饭店老板，提高了午餐的质量。杨阿鹏说：“我不是旅游公司的员工，这台车也不是旅游公司的资产。这台沃尔沃大巴车是新的，价值 200 万元，是我和先前开车的王师傅等人集资购买的。公司征用我们的车，付给我们费用。我们从小就生长在这里，对这条旅游线路上的景点，地域的环境及文化内涵，比一般的导游还了解，于是，到丽江之前，就不再聘请专业导游了，这样可以节约资金，用在游客身上，大家也不吃亏。”

杨阿鹏让大家把旅游合同书拿出来，对大家说：“请认真看一看，合同书上规定的旅游线路里，只写了苍山，没有写洱海。大家来一趟大理不容易，不看洱海，该有多么遗憾。车是咱们自己家的，我自作主张，把大家带到这里来，我是好心，你们只能在岸边走走，千万不能下水，一旦出现安全问题，我就摊上大事了。”

大家陆续下了车。车的北侧是一小片湿地，南侧就是洱海，岸边有散栽的柳树，有一些生长在水里。我们沿着岸边的柳林向南漫步，湖水一波一波地拍打着湖岸，柳丝探在水里悠荡，阳光铺洒在湖面上，闪着银白的光芒，抬眼望去，几艘小船在很远很远的湖面上闪动，有的像是水蒸气给托举到水面之上。湖的东面，是连绵的高山，杨阿鹏指着大山说，这就是玉案山，山的那边居住着另外几个少数民族，他们的生活非常艰苦，因为没有路，他们很少走出大山。大理就不一样了，改革开放后，每年到这里旅游观光的人不计其数，白族朋友的生活水平日渐提高，我们非常欢迎你们到这里来，虽然你们的团费交得有些少，但请你们放心，我们不会逼着游客购物的。大家都夸杨阿鹏心地善良，杨阿鹏说，白族人都是这样的。

湖的西岸，就是我们来时的公路，紧贴着公路就是著名的苍山。

杨阿鹏招呼大家，不要再往远走了，观赏洱海是临时加的项目，不能占用太多时间，马上集合，去下一个景点。

上车后发现，司机王师傅回来了，正坐在驾驶员的位置上，向登车的人们点头微笑。杨阿鹏就成了“专职导游”了。

白族主要分布在云贵高原和横断山脉区域，大部分人祖居洱海之滨，视洱海为民族滋养地，对洱海有着深深的爱，杨阿鹏问大家，有没有多拍几张照片，大家说，还没拍够，七嘴八舌地赞美洱海，杨阿鹏听了打心里往外高兴，这位直率的汉子，第一次发出了笑声。他没有更多的语言，短短的几个小时，他就把白族朋友的善良和耿直用实际行动作了阐释。

大巴车匀速地向蝴蝶泉景区开去，今晚将住宿在蝴蝶泉宾馆，杨阿鹏笑着说：

“这家宾馆就在蝴蝶泉边，苍山脚下，当年李鹏总理来云南视察，就下榻在这家宾馆。等到了地方，你们就会体验到在那里住宿，该有多么的幽静、惬意，喜欢热闹的人，夜晚还可以与村子里白族朋友一起联欢，金花的歌声和舞姿，保证会让你忘记全天旅途的疲劳。”

我隔着车窗注视着茫茫洱海，今天虽然看不到洱海照明月，却看到了远天下白色的大理城与洱海相照，天、地、人，都是那么的明朗、洁净、和谐。

观 洱 海

斜阳峰底下关风，
吹皱一湖春浪声。
阿朋归帆长影近，
金花扶柳俏歌迎。
苍山映雪藏仙洞，
桂影摇波大理城。
缘遇杨兄倾善意，
助游洱海见真情。

云南丽江

彩图

八、丽江不夜城

蝴蝶泉宾馆的一夜，休息得非常好，早上起来，没有一丝疲惫感。接下来要去的地方，并不是近在咫尺的苍山，而是丽江，苍山留待回程的时候再游赏。

现在正值春末夏初的时令，云南的气候也在发生变化，春季的气流来自热带大陆，干燥少雨，转入夏季后，气流主要来自热带海洋，多雨多云，傍晚到丽江时，下起了小雨，按说，要是晴天，天还应该是大亮的，因为下雨，满城的街灯开始亮起来了。游客分散住在几个小旅馆里，小有小的好处，不用上下楼，出门就是大街，省时间。来时交了多少团费，大家心知肚明，不能天天都住蝴蝶泉那样的宾馆，只要能休息好就可以了。

地导是位女孩，精明，洒脱。入住前她对大家讲，丽江古城，是中国四大古城之一，是纳西族聚集居住的地方，这是一个有着古老文化的自由开放的民族。

他们有自己的文字——东巴文字。东巴文化，是华夏文化的有机组分。丽江是个不夜城，如果你们有成双成对来的，举着小雨伞，在忽明忽暗的灯光里，漫步在熙熙攘攘的街市上，随心挑上几件称意的纪念品，那份情趣，你们就自己去体会吧！

晚餐就不集体吃了，导游暗示大家，吃饱了再逛街就没有什么意思了。

同团的游友，邀了几位，出了旅店门，横穿一条马路，就到了四方街的边缘区域。从这里走进去，就走进了丽江不夜城了。天公作美，雨停了，可以不用打伞了。我们沿着一条小巷，向四方街的深处走去，路，是青石板铺成的，向上有一个小角度，角度随势变化，与小路伴行的是一条小溪，因为刚下过雨，溪流湍急，遇到平缓之处，路旁店铺的红灯笼连同夸张的屋檐就投影在这溪水中。所有店铺都没有门，店铺与店铺间，只有墙体相隔，店铺里灯火通明，店里店外人流如潮。同来的几位早已走散了。

四方街基本布局是周边低中心高，有几条主街道，然后再根据地势分出许多岔路，每一条路都有一条小河或溪流伴行。从远方向中心广场行走，当迷路的时候，只要溯水而上，就一定能走到目的地。

每晚到四方街游玩的人数以万计，沿街的店铺卖什么的都有，从针织品到工艺品，从小饰品到化妆品，应有尽有。还有特色俱全的食品、水果，新鲜卫生。热闹的酒吧，为对饮的情侣提供通宵服务。夫人看好了两款纱巾，就买下几条，留作回家馈赠亲友的纪念品。

两个多小时后，我们走到了中心广场。广场的北端，便可见到著名的丽江大水车，那里有江泽民同志书写的一方照壁。木府也在这附近。

丽江城历史悠久，纳西族的先人，在这里拓土为营，世代繁衍，创造了系统的东巴文化。今天丽江的繁荣，是历史的延续与发展，早在千年前，这里就是国际通商的重要枢纽，是大宗商品的集散地。茶马古道在这里延伸，纳西族同胞，把收获输布四方，让文明日渐升华。四方街、大水车，还有庄严的古木府，记录着曾经繁华的过去，满城璀璨的街灯，照耀着丽江的未来。

夜已经深了，我们也该坐下来吃点什么了。丽江的烧烤十分有名，找个地方吃烧烤去。

我们打了一辆出租，司机提示我们，在我们驻地附近，烧烤店都很有名，为何不回去吃？于是，我们回到了驻地。

店门口向左几十米处，有一家烧烤店，走近前一看，是一间小平房，大厅里坐满了人，前台服务员见我们想进屋，连忙打招呼，示意套间里还有地方，我们边挤边绕地来到了套间，给安排了一张小矮桌，发给两个小马扎。实际上，也只有这唯一的座位了。

出来这么多天，一直吃套餐或自助餐，伶仃换了口味，再加上也真是饿了，烤串上来，也顾不得细品，就着啤酒，大口嚼了起来。其实，不管哪的烧烤，要想品评好坏，不外乎以下几点：一是材质，二是火候，三是卫生。今天这顿烧烤，这三点应该都是占优的。至于环境，那就是看心情了：如果想体验初恋时那种缠绵，应该找一个能播放轻音乐的幽静的单间；如果只想体会食材的滋味，那就站在烤箱旁，边烤边吃；此时此刻，我们结束了一天的旅游，心情愉悦，在场的吃客，也都同我们一样，各桌互聊的，也都是大同小异的话题，人越多越乱，气氛越得到烘托。

吃好了，结账。只花了 36 块钱。

睡觉前，别忘了给丽江不夜城一个大赞！

雨霁丽江入夜新，
霓虹遍闪满城春。
茶花一树香十里，
溪滟千分店万门。
情侣悠然呷美酒，
游人漫动选佳珍。
水车造势东巴韵，
木府桥头月影深。

云南丽江拉市海

彩图

九、茶马古道拉市海

丽江城西有一方湿地，这是云南为数不多的湿地之一，叫拉市海湿地。尽管四周有群山环合，相对显得这里地势低洼，但其海拔依然是2000多米。这是一块镶嵌在横断山脉之中的高原湿地，与我们东北黑土地上的湿地不同。我们家乡的七星河湿地，一平如展，烟波浩渺，而拉市海湿地，不仅片量小，周边的地势也呈层级样抬高，举目四方，都是山峦，没有天边。

走出停车场，首先映入眼帘的是一片花地，游人可以走入花地之中，随意观赏。这是一位企业家种植的玫瑰园，因为不是盛开的季节，部分地块已有蓓蕾生发，散布着些微的馨香，大家惊叹一回规模，便出园了。

七彩云南是少不了鲜花的，尤其是玫瑰花。云南的玫瑰是出了名的，鲜花、干花、精油，都具有很高的经济价值。拉市海作为一方天然的盆景，种植一片玫瑰园，也算是一种点缀。

与玫瑰园气味迥异的是附近的一处歇马场。这里聚集着数以百计的马匹，有棕黄色的，也有黑红色的，多数都呈枣红色。身材矮小，棕毛较长，看上去绝非骏马，但很是灵动。这是当地特有的品种，食量小，耐辛劳，特别能走山路，茶马古道几千年，靠的就是它。

所谓茶马古道就是以当地盛产的茶叶与藏区出产的马匹进行交换的交通线。丽江是茶马古道的重要中转站，拉市海就是这个中转站的站点。这里地势相对开阔，有充足的水草，利于养马、贩马。

眼前的这一大群马，可不是用来贩卖的，是专门用来为游客提供体验茶马古道的。这些马经过了严格的驯化，它们很乖地趴在地上，让游客骑在它的背上，主人一声令下，一组五匹，同时起身，驮着游客，列队上路。途中大家可以随意拍照，如果请执缰人为你拍照，只要给一点点小费，他便会认真为你拍下称心的照片。他知道哪里适合拍摄，哪个角度效果更好，哪段路该快走，哪段路该停下来留影。

古道已不复存在了，一大队马儿驮着笑逐颜开的人们在黄土路上行走，路两旁一小片一小片的油菜花，格外地鲜亮。提前设计好了的路线，尽可能地崎岖惊险，这样才能接近原始古道的感觉。最后一次地壳运动，为丽江造就了一个三叠坝的地貌，这里就是最高的拉市坝。进入山林之后，马儿要围着几丛树木盘旋登高，有时好像要马失前蹄，却又有惊无险。在树林子里绕了大约 5 公里后，来到了拉市海的岸边。这里也是“茶马古道”的终点。下马时，执缰师傅又把我的相机要了过去，示意我骑到夫人乘坐的马上去，然后为我们拍了一张马上合照。我们又与师傅合拍了一张，作为此次“茶马古道”体验的纪念。

拉市海是一个并不太大的湖泊，云南高原湖泊的排名，它没有进入前十。但是它在旅游界的名声却很响，凡是来丽江的人，大都来这里看看。从时间维度上讲，它形成的年代久远，至少在 200 多万年前的上新世，与玉龙雪山的地质变化有关；从空间维度上看，东接丽江，北邻玉龙雪山，湖泊与湿地、山林共处，景色怡人；从历史维度上看，这里是纳西族同胞的家园，是东巴文化的滋生地，是滇藏茶马古道的重要中转站。

拉市海，不同于堰塞湖，也不同于泻湖，是随着地质变化而形成的构造湖。像今天这样晴朗无风的日子，湖面平静无澜，远山近树，清晰地投影在湖水中。倒映的玉龙雪山，显得更加圣洁。这次旅游行程里没有安排观赏玉龙雪山的项目，不过在来时的路上已经遥望过它的雄姿。上一次我来云南，曾经到过山腰的云杉坪，那里海拔3000多米，大片的杉树，高大挺拔，纳西族传说中的阿若和阿命为爱殉情，就是在这里。离云杉坪不远处，有一条河流，河水清澈碧蓝，水源就是雪山上的冰川，河的对岸是一片鲜嫩的草原，草原上珍珠般的洒落的吃草的牦牛，可以骑着牦牛过河。河流在稍下游一点的地方，形成一个半月形的湖泊，纳西人管她叫蓝月谷。雪山上始终有一片白云，遮掩着峰顶，白云一刻不停地在变幻漂移，云彩下面的积雪和冰川，清晰可见，神秘的峰顶，正在幻化着一米阳光的故事。记得，当时我还写了一首小诗。

颂玉龙雪山

雄哉滇北玉龙山，
立地超然柱远天。
白雪粼粼峰顶罩，
行云绕绕半腰缠。
平皋映翠松杉茂，
谷底草丰湖水蓝。
一米阳光神庇佑，
纳西圣爱暖冰川。

正当我俯瞰拉市海中玉龙雪山的倒影出神的当儿，一群水鸟在湖面掠过，湖水漾起了波澜，雪山的倒影在一阵鸟鸣声中微微颤动，与此构成和声的是不远处传来的纳西族音乐。循声望去，玫瑰园附近有一所房子，那里开始进行纳西族歌舞表演，游人轮场免费观看。

从演出现场出来，阳光格外明媚。回味刚才的歌舞表演，从艺术到内容，够得上纳西族文化盛宴。

文化是民族的魂。
拉市海，我要赞美你！
纳西同胞，我要吟诵你！

拉市海即景

四山环抱小方春，
百亩玫瑰蓓蕾馨。
十里险峰茶马道，
半坡油菜嫩花新。
一湖荡漾轻飞鸟，
双桨揉波日影浑。
三道清茶歌舞起，
八荒来客乐津津。

大理三塔

彩图

十、苍山石

杨阿鹏从第一天上车后，我就发现他的手里一直攥着一个手把件，有鸭蛋大小，杏黄色，像是一个兽首，我想，肯定是一块少见的奇石。看习惯了，也就不介意了。今天车子启动后，他告知大家，现在我们要去的景点是苍山，重点要看的是天龙洞，中途，要经过一个较大的珠宝店，去逛这家珠宝店不是我们安排的，是你们与旅游公司签订的合同中行程里有的，所以我们必须在那里停车，进不进店那是你们的自由，反正我是不进去，在门外等你们出来之后，我们去天龙洞。说完，他举起了手中的把件，问大家，知道这是什么材质的吗？坐在前排离杨阿鹏较近的游客中，早就有人注意他的这个把件了，抢先猜说是大理石。杨阿鹏苦笑了一下，说答对了一半，这的确是一块产自大理的石头，但是，产自大理的石头，并不都是大理石，大理石也不都是产自大理。这块石头产自苍山，是新近在苍山腹部开发出来的一种玉石，叫黄龙玉，价值不菲。一会儿大家要去的珠宝店，硬玉翡翠，软玉羊脂都有，但是主题展示和热卖的是黄龙玉。喜欢的，可以挑选，不想买的，只参观也可以，没人强迫你买，我也不指望那点提成发家。不过，真有相中的，买了，我也多少得一点，我也要谢谢你。我们这些做旅游工作的，都有义务宣传我们当地的旅游产品，如果连这一点都做不到，还有何脸面说热爱我的家乡呢？只要大家别认为我为了一点提成，就做虚假宣传就好了。

人与人交流，掏心窝子说话，彼此理解，相互信任，是社会和谐的基础。

我相信杨阿鹏说的是心里话。

人们要生活，要养家糊口，不自己赚钱，指望谁呢？杨阿鹏的车，是合伙买的，自己投资，自己随车跑，四十来岁的大老爷们，自己当导游，赚的是风险钱和辛苦钱，如果能在旅游产品上贴补一些，有什么不对？自己有钱游山玩水，却看不得别人挣钱，观念也有问题。我对店里的东西没多大兴趣，夫人买了两个挂件，准备送人，其中一件是黄龙玉的，一共花了一千多块钱，也算是个纪念。

苍山又名点苍山。由 19 座山峰组成，南北走向，起伏跌宕，宛若一条逶迤的苍龙，峰顶常年积雪，云、雾、雪三洁相润，净美之极。19 座山峰，夹着 18 条溪流，奔腾直下，汇入洱海，这洱海每到夜晚，明月潜水，如镜耀渊。苍山的南端有上关，四季花开，北端有下关，风吹不断。于是，苍山雪、洱海月、上关花、下关风，便构成了大理特有的风花雪月奇景。

汽车来到苍山第一峰——弄云峰的脚下，才发现我们要去的天龙洞就在前天住宿的蝴蝶泉附近，坐缆车可以直达山腰的洞口。

天龙洞景区开发的时间不久，只有几年的工夫。但是关于天龙洞的传说却很久了，据说，《天龙八部》秘籍就藏在这里。这是一个旱洞，不像本溪水洞那种半充式溶洞，需要坐船，游天龙洞，徒步就可以。这条溶洞全长大约 500 米，历经 800 万年的天地造化，犹如一条巨龙蜿蜒蛰伏于山腹之中。因为安装了霓虹灯、射灯，形态各异的天然形成的钟乳石清晰可见，有的像擎天大柱，有的像倚天长剑；有的像飞禽，有的像走兽。还有的四不像，凭你用心揣摩。

能够生成溶洞的山体，其本质构造必须是石灰岩，经过水蚀氧化还原等理化反应，逐渐使山体中空，形成洞穴，洞穴上方的岩石，继续水蚀分解，溶于水中的碳酸氢钙滴落下来，在下方沉积固化变成碳酸钙，形成石笋、石墩；如果这些碳酸氢钙在下滴过程中，没有落地，而是在洞壁的上方悬挂固化，经年累月就形成了石钟乳，当上方的石钟乳和下方的石笋对接后，便构成了擎天石柱。

苍山的山体构造是石灰岩的变质岩，石灰岩在地下经高温重压，渗入了一定比例的泥浆和其他元素，向上隆起的动态过程中，地球母亲把它制成了带有美丽花纹的白色山石。后来，这里有了人类居住，这群人喜欢白色，他们的服饰、住房都以白色调为主，和那白色的山石相映成趣。这个民族叫白族。再后来，他们的居住地固定名称叫大理，那美丽的苍山石也有了名字，叫大理石。

大理石的过度开采，一方面耗竭资源，另一方面破坏生态，所以，国家已禁止在苍山开采大理石了。至于苍山蕴含的黄龙玉，是否在有计划地开采，我们还不知道，我想，矿产资源管理部门会有科学合理安排的。

有山必有寺，有寺必有僧。苍山上有许多名寺古刹，因为不在行程表内，就不能朝拜了。苍山应乐峰的东面有一处开阔地带，可以看到三尊宝塔，这就是著名的崇圣寺三塔。主塔叫千寻塔，两侧的小塔略微向主塔倾斜，和苏州斜塔、比萨斜塔一样，虽斜不倒。三塔布局有儒家的“中正平和”之意。这里的佛教吸纳了儒家的文化，三塔文化含有一定的儒教的影子。

洱海的静美，蕴含着柔性；苍山的俊美，透着刚毅。一方水土养一方人，大理的白族同胞们，兼有苍山的刚毅和洱海柔性。

从苍山下来，再也没有见到杨阿鹏，接替他的人说，杨阿鹏的任务已经完成了。

我对白族同胞的好感，首先基于杨阿鹏。他以洱海水一样的内在的柔性，温暖游客的心，他以苍山石一样的刚毅的性格，诠释一个男子汉的家庭与社会责任。

苍山赞（古风）

丙申年暮春作于云南大理

横卧苍山十九峰，
环合玉案抱白城。
劲峦犹覆净莹雪，
岩腹深埋黄玉晶。
阿妹采茶阿朋唱，
上关花笑下关风。
释儒并尚留禅寺，
古洞曾疑隐秘经。

济南大明湖

彩图

第五篇　齐鲁行

没看到云海玉盘的氤氲和美，却领略到独立崖台微风拂面的惬意，那梢头律动的青松翠柏，舒展着生命的张力，昭示大自然一切生命的永恒不息。

济南趵突泉

彩图

一、泉城半日

某年5月，坐火车南下，随着绿色的浓泛，心绪也弥然远驰。登车时，家乡的丁香才疏放着嫩叶，将近哈尔滨，向长列看齐的丁香姑娘们就露出了粉白的笑脸。并把周身涌出的弥香，透进车厢。车厢里，移动着夕阳平射的柔光。硬卧车厢里，一群人，在忙碌着准备“晚宴”，餐桌是用旅行包搭建的，从热情劲看，似乎每个人都是主人。有洗黄瓜的，有切香肠的，有找酒杯代用品的，灯光替代日光，已经几个小时了，白酒、啤酒已不知喝了多少，老同学都知道彼此酒量，心情放开了，酒量也就放开了。直到有微弱香甜的鼾声传来，才在“明天接着喝”的约定下，打扫“战场”。

近年来，上级出台一项政策，科职干部年满52岁，不管是政工干部还是技术干部，全部回家，不用上班，薪金不变。我已经53岁了，上级领导找我谈话，提示我，已经多干了一年了，这一批回家的有24人，如果只留下我一个，其他人工作不好做。我说，领导放心，我听从组织安排。话是这么说，我的几位儿时的同学，还是怕我突然离岗会有失落感，约我出去走一走、散散心，正好赶上山东烟台的一位同学的孩子结婚，我们就决定提前几天去，玩够了再参加婚礼。东道主为我们预定了一个旅行团，告诉我们，到了济南站，自有人接。

一觉醒来，列车已驶入天津，我下车来到站台上，感受一下关内的晨风和旭日，站台上好多流动的售货车，高声叫卖着天津特产。几分钟后返回车厢，呼吸时，尚能感到气息里犹有大麻花的余香。

华北平原，土是黄色的，民居是土黄色的，平平的屋顶，罩于老树之下，村与村离得很近，只隔着几片桃林，或是几组蔬菜大棚。平展的土地，时现蜿蜒的河床，记忆着水系发达的早年，老河床里，长满了庄稼，冬麦已经秀穗，青青地直立着，看不到浪涌，显然没有风，与铁路并行的公路上，过往的大货车穿梭不停，是蔬菜，是粮食，还是别的什么，不得而知。看到田地间有戴草帽的，这在北大荒，眼下这个季节，是用不着戴草帽的。

从济南火车站的站口涌出来，几分钟的工夫，就见有人高举着一个接站牌子从对面缓缓移来，上写着“黑龙江友谊”五个大字，于是大家快速围拢过去，热情地向举牌人示意，要接的就是我们。举牌子的是个女孩，看上去二十出头的年纪，个儿不高，上身长于下身很多，圆圆的脸，按老百姓说法，蛮有福相的。很朴素的一件白衬衣，袖子显得有些长，紫红色牛仔裤，贴了一些稀奇古怪的花，把两条腿裹得像胡萝卜一样，勒出一两道横纹。标准的普通话，偶尔带出一点胶东味，也许是为了与众人视线对接，总是仰脸同我们讲话。她清点了人数后把我们带上了大巴，先做了简要的自我介绍，接着说：“浓缩的都是精华。”我猜不出她是在表达自信，还是想逗我们笑。她带我们先看了大明湖，到现在也没闹清楚我们是从哪个门进去的，从院门出来的倒还记得。回来后在网上查到大明湖，的确是个好地方。有那么多景点和古迹，尤其是稼轩祠，是我久慕之地。因为仅有30分钟时间，导游姑娘给我们讲了一棵美国移栽来的树，然后抢着照了几张相，就到了集合时间了。回到车里，我们问小姑娘，大明湖是天然湖，还是人工湖，她说是天然湖。又有人问，为什么叫这个名字，答道，这里有个大明寺，因而得名。有喜欢调侃的，又问：“是先有的大明湖还是先有的大明寺?”小姑娘说是先有的大明寺，大家都愕然了。车开到了趵突泉，这一回看个仔细，三个泉眼，就是三个长荡不止的涟漪，在斜阳的辉映下，闪着金色的光。拍下一张照片，洗出来比实景还要美。参观了纪念李清照的漱玉祠，感叹了一回婉约大师的才华与命运，才离开这里。

济南，我来过三次，前两次是路过。第一次是送女儿到昌邑读书。当时，女儿在家乡读高中，有朋友在昌邑城关中学任校长助理，我便把女儿送到朋友所在的学校借读高三，并托付给他们夫妇代为管理。学校的校风很正，下课铃声过后，同学们陆续走到操场，部分同学赶着如厕，大部分同学都在原地小范围活动，没有追逐打闹的，没有大声喧哗的，上课铃声一响，顷刻间操场空无一人。学生宿舍的条件并不好，8个人一间，上下铺。床摇晃得厉害，我去附近市场买了一根绳子，把两张床结结实实地绑在了一起。朋友告诉我，这是一所老学校，是潍坊地区重点校，校舍老旧一些，计划明年改建。高三，对每一位学生来说，都是决定人生走向的至关重要的一年，将女儿送到这里，我放心。

第二次来济南，还是去昌邑来看女儿，途经这里。1998年7月，我的《中药筛选抗幽门螺杆菌实验研究》一文获准在巴塞罗那大学召开的国际学术会议上发表。接到拉蒙·塞古拉教授的邀请函后，我提前几天出发，先到昌邑看看我的女儿。女儿看到我，自然很高兴，她的学习成绩有了很大提高。刚来这里时，排在最后，现在已经前进到 23 名了。她说，有一天晚上，下了自习回到寝室，熟睡里突然惊醒，以为睡过头了，赶紧跑到教室，进门后发现，一个人也没有，于是就坐下来开始早自习。看门的老大爷还以为她是晚自习还没走，对她说："孩子，快 12 点了，该回去休息了。"

一晃快十年了，女儿现在已经是哈工大的博士生了。

这一回来济南，是专程旅游来的，但是，旅程安排在济南的时间只有一个下午。大明湖、趵突泉、漱玉祠和泉城广场仓促走过之后，就已是日暮苍山了，晚上还要赶到泰安市住宿，这个下午，真的就是走马观花了。尽管如此，对济南的感觉还是不错的。看了这几个有代表性的景点后，把思维放大一下，就能想象出济南城"四面荷花三面柳，一城山色半城湖"的美丽景象。

别济南

大明湖畔漫荷蓬，
泰岳苍茫暮霭中。
幽婉四泉清照叹，
豪情千载稼轩风。
齐州词韵冠华夏，
谭国诗经歌大东。
杨柳轻摇筛影远，
怅然惜别月朦胧。

彩图

泰山迎客松

二、泰山沐风

晚饭是在泰安吃的，鲁菜和东北菜比较，没有多大差别。大家对白菜豆腐汤和煎饼卷小虾颇感兴趣。汤的味道纯正，白菜鲜绿，粗纤维少，口感好；豆腐白嫩，味浓。我边吃边琢磨，北大荒是大豆基地，村村都有豆腐房，选料也是上佳的，工艺也是传统的，怎么入口后的感觉倒不如山东的好？我又联想到面粉，北大荒垦区的面粉白，粮食多，引得五湖四海的人来这里扎根，更接纳过大批的山东移民，怎么现在反倒从山东进口面粉，质量比北大荒的倒好。礼仪之邦的精神文明率先，物质文明进步也快。小时候，每当山东籍的朋友提起煎饼卷大葱特别好吃时，我就笑他："好吃还来东北，你那里除了煎饼卷大葱和地瓜干，也没什么可吃的吧？"，家长听到后，就呵斥说，我们的祖籍基本上都是山东的，不能说忘本的话。现在看到餐桌上的煎饼，倒真想尝一尝，可惜没有葱，给的馅料是红红的小虾，卷好了一吃，真是不错。从山东返回时，特意带了一些煎饼，让家人和朋友品尝，母亲说这煎饼到嘴里很快就化了，像是用米浆做的。

明天要登泰山，当晚我打听好了农贸市场的位置，我还惦记着山东的煎饼卷大葱。

泰山的最高点是玉皇顶，一组巍峨的建筑坐落其上。正殿里，面南背北落座一庄严雕塑，玉皇大帝是也。玉帝不喜欢烧香，也不喜欢拍照。进入殿门，仰视玉帝，油然而生敬意，必施大礼，方表感天地盛恩之意。一中年男子正施礼之中，他一连套的礼数，看罢即知。于是，我效仿他的样子，行了三拜九叩大礼。立起身来，凝视一番，统领宇宙，福泽万物，非大帝莫属。能于泰山顶上拜叩玉帝，幸莫大焉。出了殿门，环顾左右，院内香烟缭绕，求财求职者甚众，其心十分真诚。这里风力不下 5 级，男女相扶拾级上下，天地人和，玉帝明鉴。

我们哥儿几个，离开玉皇顶，去爬瞻鲁台。也许是风高路险，见不到一个游客，只有一位照相师，迎面招呼过来，见我们自己有照相机，立马去了避风的地方。“瞻鲁台”三个阴刻大字，遒劲有力，红红地平铺在平台石面上。劲风横扫，一尘不染。据说是，孔圣人曾伫立这里，俯瞰鲁国，因而得名。高瞻者必有远瞩：“一日克己复礼，天下归仁焉”。夫子礼教是以鲁国为样板的，直到今日，山东人尚礼，全国折服。

南天门以上的景点，我们游了一个上午。中午 12 点到南天门宾馆集合。早上来时，在中天门兵分两路，我们十几个人是坐索道车到达南天门的，另外的人徒步登山，要两个半钟头才能到达南天门。他们重“旅”，意在历新，我们重“游”，意在观妙，各得其所。前面说过，昨晚在泰安问好了农贸市场地点，今晨，我和另一位同学便去买了一些大葱、黄瓜、尖椒，还有香肠、面包，带上了山。寄存在南天门宾馆，只是忘了买煎饼。起初，大家都笑我，可是，当我一回到南天门宾馆，同是一个旅行团的朋友们立即向我围拢来，十几斤吃的，一时间，只剩了一根黄瓜和一根大葱，这显然是看在辛苦人的面子上，给留下的。只要大家吃得高兴，我累一点也值得。

导游姑娘告诉我们，因为风大，索道车停运了，我们必须徒步走到中天门，下午一点半吃中饭。显然，这次“打尖”太重要了。

泰山是五岳之首，自秦始，历代帝王必来此地，登顶封禅或祭祀。而普通游人，来此游玩，一定要领略四大奇观，包括旭日东升、晚霞夕照、云海玉盘和黄河金带。今天我们来到这里时，太阳早已高悬，连续数日晴朗，山间薄云淡雾，等不到晚上就要返程回泰安，这四大奇观一个也看不到了。但是，这丝毫也不减少我对泰山的倾心赏阅。这山中的一峰一台、一草一木都弥漫着中华文明的气息。

没看到旭日东升的华美，却感受到暖阳普照的温馨，那错落的岩壁，鲜红的大字在高阳直射下苍劲有力，尤其是“五岳独尊”四个大字，赫然醒目；2600平方米的天然石屏之上，保存着中国最大、最古老的摩崖《金刚经》石刻，比现存大英博物馆的印刷本《金刚经》还早300余年。佛文化本是舶来品，却在泰山之巅刻崖永存。

没看到云海玉盘的氤氲和美，却领略到独立崖台微风拂面的惬意，那梢头律动的青松翠柏，舒展着生命的张力，昭示大自然一切生命的永恒不息。尤其是“泰山迎客松”，其姿其势，彰显着生命的活力，可亲可爱至极。“瞻鲁台”留下了圣人的足迹，那足迹之上，也蒸腾了无数帝王、领袖忧国忧民、励精图治的浩然之气。

不能等到黄昏就要下山，看不到晚霞夕照、黄河金带，然而，站在岱顶妙区，极目远望，日近云低，四野幽旷，不能不牵人思绪，穿越时空……东岳大帝、碧霞元君，神像供于庙宇，神灵显于泰岳，德布海内，道贯古今。

泰山列位东岳，东为伊始，主生发，故而被尊为五岳之首。泰山气势雄浑是其表，文化内涵深厚是其里，佛道儒融合发展，形成誉满天下的泰山文化。

登泰山，真是受益匪浅。

菩萨蛮

摩崖紫气凝题壁，
瞻台帝圣留行迹。
千古振雄风，
万民仰视中。

岳容儒释道，
兴国纲难老。
云近日荫疏，
静心四野虚。

青岛栈桥

彩图

三、青岛海思

哥儿几个约好了，去青岛看海。

青岛是个好地方，究竟好在哪里？我一时还说不上来。记得五年前，在大连参加培训班时，当地人讲，青岛建设速度不输大连。这次来到了这里，很想体验一下青岛的魅力。

坐了一上午的车，入住青岛市里预订宾馆时，已到了午餐时间了。匆匆吃了口饭，就赶紧睡午觉。刚刚入睡，手机在耳畔的振动把我叫醒了，打电话的人是单位的副局长，他告诉我，家里出现了疫情，有热性传染病在孩子们中间流行，市长来到了我们县，指定要我回去。

这次出来前，虽然县委书记已经找我谈完话，组织部已经办理完离岗手续，但是接任我的人选还没有确定，暂时安排副局长主持工作。我接完电话后，有些为难了，我的免职决定都已公布了，再回去主持工作合适吗？还是给主管县长打个电话吧，结果，主管县长也有些为难，她说，市长也不知道我已经离任，就这么定了。最后我还是决定马上回去，毕竟，控制疫情是大事。

我要去订返程的机票，订明天早上第一班机票。旅馆前台服务员告诉我，晚上6点，有人送票来，我不着急了。大家还在午睡，不惊动他们了，自己出去走走。

青岛，大海，我该深情地看看你。

我们的住地在老城区，离海边只有5分钟的路。我到了海边，一对上了年纪的夫妻正在那里散步，他们告诉我，到栈桥只有十几分钟的路，沿着海边走过去就是了。

这天下午，太阳没遮挡地照过来，天空中淡淡的几朵白云，一点都不动，天上地下没有一丝风。向着大海的远处望去，蔚蓝的海连着蔚蓝的天，是那样的静谧，那样的旷达。心界也在无限地放远，茫茫心海中泛着思绪的浪花……

从十六岁开始学医，已有38年了，从一名战备卫生员逐级晋升到主任医师，享受省政府特殊津贴的市专家库成员，一直在基层为老百姓治病保健。把自己所学的知识，积累的经验，都化为行动，服务于家乡的亲人。

海浪在缓缓地起伏，心绪在随波涌起。

茫然之际，想起了一件事。

大约一个月之前，我在乡下了解村屯卫生所工作现状，市局的领导打电话找我，让我回局里一趟，说市里一帮朋友找我有要事，在我办公室等着呢。中午我赶回单位，办公室里有六七个生人坐在沙发上，有的近似于“葛优躺”，见我回来，忙起身和我打招呼。他们来的目的，我已经知道了。他们都是在市里几家大医院工作的医生，不乏有学科带头人，或者是梯队中坚。关于职称晋升，国家出台了一项政策，市级以上的医院，医务人员晋升副高级以上职称，必须有在乡镇医院对口支援工作半年的经历。他们几位医生去年被分配到我县几家乡镇医院，现在需要各乡镇医院写鉴定，然后由县卫生局盖章，拿回去交给所在单位，才能参与职称评定。现在是鉴定拿不到手，章也盖不上。

我问他们哪位是对口支援××乡的医生，没有人回答，有的人低着头，有的人看天棚，都有意避开我的目光。静默一会后，一位医生说，这个人还在乡里等着写鉴定，没有来。

我说："大家都是同行，按说各位都是市里各医院的骨干力量，是我们基层医生的老师，友谊人非常欢迎你们来。但是，据我所知，所有人都没有按规定驻乡镇医院从事医疗工作，最长的也没有坚持到一周。我是 8 年前晋升主任医师的，我深知职称晋升对于一位医生有多么重要；我也知道你们常驻乡下，为基层老百姓看病有多么艰苦。理解归理解，做还是要做的。"

"谢谢老师理解。"其中一位年长一点的医生解释说："我们也不是不愿意下乡，市医院医生很缺，我们走了，科里的工作也不好开展。没办法，老师，求您帮帮忙吧。"

"对口支援××乡的医生没有来，据乡卫生院的院长讲，这位医生在乡下只待了 2 天，他把自己的电话号码留给了病人，告诉病人随时可以到市××医院找他，他会尽全力帮助他。农民兄弟以实为实，真的去了，结果是遭遇冷淡，什么忙也没帮……"

静默了一会，还是那位年长的说话了：

"老师，我们知错了。"

"也不能全怪你们，这也是多因素造成的。"

我通知秘书，把章给他们盖了。

老百姓需要好医生，医生也离不开病人。老百姓就是这湛蓝的海，医生就是这海里的鱼。鱼给了大海盎然的生机，大海给了鱼有意义的生命。

"一方水土，养一方人。"是友谊县、友谊农场养育了我，我的家人、朋友、乡亲们，一向善待我。现在，我的家乡医疗资源还相对不足，这里需要有尽心竭力为他们的健康负责的医生，我不能为了高额薪金就去南方应聘，我决定留下来，继续做我的友谊人。

松软的沙滩留下我踱步的脚印。

不知不觉间，已经来到了栈桥附近。一弯海岸，如开过的强弓，一线栈桥，如一簇即将离弦的箭。桥上来往的行人，熙熙攘攘，我随着人群走上了栈桥。我的思绪也随着栈桥的线样悠长而回溯到百年之前。

一里栈桥，记录着中华民族百年的沧桑与悲怆，濒海而立的现代化建筑，昭示着中华民族的崛起与复兴。拍下几张小照吧，留给将来的回忆。

胶东的太阳，来得早，沉得也急。我没有太多的时间了，还要买点纪念品，给家人、同事。选上几粒彩贝，挑了几打煎饼，称了几斤鱼松、鱿鱼丝，就赶紧往回走了。

接近住地时，拐到路旁的一家食杂店，提了一瓶当地产的白酒，晚餐时，我给每人斟了一杯，向大家道别。同学们不让我回去，本来就是带我出来散心的，我一个人回去，大家觉得没什么意思了。原打算再到烟台、蓬莱和崂山转一转，然后去参加同学孩子的婚礼，这怎么说变就变了呢？

我告诉大家："家里发生了疫情，具体是什么病还没有搞清楚，亟待我回去商量，还是以大局为重吧。你们把礼金帮我带到，帮我跟同学解释一下，我明天就走了。"大家执意要给我饯行，晚上 9 点多，把我拉到了"劈柴院"，豪饮了一番。

酒，没有解除我几天来的困乏，两者反倒伙同一起，把我带入梦乡。

一群西装革履的人，朝我走来。他们穿着黑色的衬衣，系着白色的领带，胸前挂着紫红色的牌牌，看样子是一个旅游团的。他们拥出一位头发极少，个子高高的，很像智者的人到我面前。

"他有用吗？"这人顾左右而发问。

每个人都不讲话，一齐把目光投向我，不像在打量，倒像暗示我，让我自己回答。

"有用。"我自己回答了。

"是谁说你有用？"他立即问。

"李白说的。"我顺口回了他一句，想离开他们。

智者却向我逼近，满口的酒气里裹着几个字喷到我的脸上："李白是啥时说的？"

"好像有一天想要喝酒时说的吧。"我把手掩在脸上，脸就是面子，要护好。

"他说，'天生我材必有用'，是'我材'，不是'你材'。蠢材！"

他边讲边招呼身边的人，"嗨！52 岁都回家了，他这么大岁数还自命不凡，叫他和李白论才去吧！"众人大笑，狂笑。

我想把掩在脸上的手移开，直面和他理论，但怎么也移不开，只好从指缝里望了出去。这时，看见他们个个都换了装，穿上了古人的衣服，还仗剑自斗。定定神，眼前却是一出电视剧。原来，同寝的老高睡不着觉，正坐在床上看电视。我的梦与他全然无关，倒是同电视节目有点关系。剧中的大侠们都穿着黑衣，绕着脖子镶了一圈儿宽宽的白边儿。静默了许久，到卫生间方便了一下，重新倒回床上，意识中已不再有那些莫名其妙的身影了。

坐在机舱里看海，看海岸边的城市，看市区里线一样的街道，这一切都是那么亲切。算来，从踏上山东的土地，到离开青岛，还不足三天的时间，让我感悟到的，能使我受益的东西实在太多了。

空中没有了地面的喧嚣与浮躁，心绪反倒零散了，一块一块地没有头脑，随着脚下的大海、田野、村落、山脉在无序地飞扬。

我记起了去年，一位朋友到山东旅游，我给他发了一条短信，内容大概是这样的：

去看一看大海吧，
他有说不完的话温暖你的心房。
披一袭酥润的海风，
任思绪飘然游弋远方。

去趟一趟黄河水吧，
激荡的洪流会卷走你屏蔽的弥彰。
探身捞一把上古的泥土，
这是生命的原黄。

去登一登泰山的重峦叠嶂吧，
悦耳的林涛将奏鸣你无尽的畅想。
再带回一片绿叶，
纪述下永远的诗行。

齐鲁之行是我永远吟唱着的诗行。

韶山

第六篇　楚山湘水

一百年前，有一位伟人，也是在这样一个沉寂的早晨，也是在这条路上，走到长沙，走到湘江，沐春雨求证真理，披秋霜高声呐喊：

“问苍茫大地，谁主沉浮”！

全国重点文物保护单位
嶽麓書院
中华人民共和国国务院
一九八八年一月十三日公布
湖南省人民政府
一九九〇年十月五日立

湖南大学岳麓书院 1

彩图

湖南大学岳麓书院 2

彩图

一、长沙揽胜

第一次来长沙，当入住华天大酒店时，已经到中午了，吃过午餐，到前台询问服务生，去岳麓书院怎么走，服务生告诉我们，出大门向左走，第一个红绿灯处左转，没多远就是五一大道，乘坐西向的公交车，过江就是。听他的话，果然不到 10 分钟，就坐上了去岳麓书院的公交车，落座后找零钱买票，没找到，司机看着我拿着的 100 元大票，只是笑。这时，一位 30 多岁的女子问我有没有微信，我说有，她让我给她发 4 元钱的红包，然后，她替我们往投币机里投了 4 元硬币，帮我们把问题解决了。她的微信我还一直保留着，每逢年节，发几句问候的语言，表示不忘她的帮助。

长沙人真的很友善，服务生、司机、乘客，他们一定是听出了我们是东北人，给我们的是热情、真诚，主动帮我们排忧解难。出来旅游，精神上的愉悦更为重要，有了好心情，看山山青，看水水秀。

我的斜对面坐着一位 50 多岁的中年妇女，我问她到岳麓书院还有多远，她微笑着说：

“快了，过了前面的江桥就到了。”

我接着问她：“是湘江大桥吗?”

她点了点头，继续微笑地注视着我，像是在等待回答我下一个问题。

我的确有下一个问题要问。

“那橘子洲在哪里呢?”

“哈哈，上了桥你就看到了。”

说话间，公交车已经开到了大桥之上，桥下是茫茫江水，北向而去，江水在骄阳的辉映下，泛着银白的亮光。江水之中，是南北狭长的一带绿洲，在这绿洲的南端，矗立着巨大的毛主席塑像，隔着车窗，几公里之外都能看见。这便是橘子洲，是毛主席“问苍茫大地，谁主沉浮”的地方。江的西岸紧紧依偎着一脉青山，那山，就是岳麓山。

我们到站了，湖南大学的正大门。大门的对面，就是湘水环抱着的橘子洲，江岸有一座高大的牌楼，临江一侧的门楣上书有“道岸”两个大字，显然，我们来到了穷理至极的地方了。左右两根方柱上书有一副楹联，上联是：“地接衡湘大泽深山龙虎气”；下联是：“学宗邹鲁礼门义路圣贤心”。转到面山一侧，上方的两个大字是“书院”，下面还有一副对联，上联是：“学贯九流汇此地文人法海”；下联是：“秀冠三湘看群贤事业名山”（后来才知道，此联为左宗棠所题）。

赏过牌楼，沿着牌楼路走上数百米，就到了湖南大学校门。进了校门，迎面一尊毛主席全身塑像，塑像的基底部是一围雕花，全是向日葵花，毛主席在花丛之上，面向湘江，迎风远眺，神明气静，器宇轩昂。塑像的后面有一条横幅，上面写着“千年学府湖南大学欢迎您”，背景是密集的松柏，青翠欲滴，生机盎然。

岳麓书院始建于北宋（976 年），兴于南宋乾道元年（1165 年），清朝末年，改书院为学院，民国期间扩充为湖南大学。

沿着校园里覆满树阴的坦路向纵深行进，迎面是一座古香古色的门楼，门楣上悬挂着一块匾额，上书“岳麓书院”四个大字，大门两侧各有四字联一条，上联是：“惟楚有才”；下联是：“于斯为盛”。

楚，现今狭义多指湖北省。但是，春秋战国时期，楚国疆域不止于湖北，南至长沙、苍梧均属楚地。《战国策・楚策一》中有“楚，天下之强国也……地方五千里”的记载，就其地域文化而言，长沙文化是楚文化的一部分。由此而论，就不难理解“惟楚有才，于斯为盛”的意义了。

夫人一边忙着拍照片，一边对我说：“以前见到的名胜古迹，凡有对联的，字数都很多，这里的对联真是一绝，上、下联总共才 8 个字，一定是名人题写的”。

我说：“我们到里面看过后，才能有所了解，现在我也说不清。”

进了院门，这里是岳麓山脚下的一片皋地，四下里老树繁茂，毛竹苍翠，投下阴凉片片；一幢幢古式建筑，或平房，或阁楼，无不庄重典雅，错落有致。扶着光滑的栏杆，登上半空楼阁，脚下步步轻音若鼓，头上悠悠柳丝如弦。青瓦白墙净无一尘，飞檐斗拱风铃和悦。楼台之内，一对老人正对坐凝视，眉宇间似有千言万语，交流不尽；一对青年扶栏望远，窃窃低语。楼台之下，三五成群，有的漫步，有的拍照，笑声连连。绕出这一园林，却来到了另一处别院。一尊人物雕像，矗立在草坪之上，他左手于腰间紧紧握住背后长剑的剑柄，右手在胸前持一本书，长衣高冠，剑眉如岭，深情地注视着过往行人。这人便是宋代大学士张栻，是对书院贡献最大的一任院长。这里绿地起伏，芳草茵茵。低矮之处有清潭如镜，潭边有杜鹃花，红愈火焰，引来蜂蝶翩翩。影壁纳辉拖影，亭台草顶流光，水中青荇招招，锦鲤来去逍遥。后方有一幢三层画楼，透过楼前两排大树的树冠缝隙，可以看到“御书楼”竖版匾额。

御书楼是院中最有气势，最为精美的楼阁。整体为朱红颜色，御书楼三个金黄大字是由朱熹墨笔选集而成。周围排列着绿色乔木，以绿衬红，以红托黄，红黄绿三色清朗，造势不俗。今天书楼未开放，游人不多，比较方便拍照，我从不同角度拍了几张景物照片，然后拾级走进一楼大门，嗅到了从门缝里溢出的淡淡的书香。据说楼内藏书有 10 万多册，虽然今日无缘拜阅，但从两侧的楹联，可以略知楼内典藏之一二。

先看上联：“圣域修文前有朱张讲坛宋清宸翰”。

“圣域修文”，说明这里是文学修养、文化教育的神圣之地；“前有朱张讲坛”，是说先前曾有理学大师朱熹、张栻等历史名家，在这里讲学论道；“宋清宸翰”，表明宋真宗、清康熙等古代帝王曾为书院题匾赐名。

再看下联：“名山汲古上藏三坟五典诸子百家”。

“名山汲古”，岳麓山之所以出名，缘于书院有取之不尽用之不竭的古代思想、文化、哲学、科技等宝典以及丰富内涵；“上藏三坟五典”，意为上溯到三皇五帝，伏羲、神农、黄帝以及少昊、颛顼、高辛、唐尧、虞舜的书；“诸子百家”指春秋时期和后来历代文人杂家，包括道家、儒家、法家、佛家等。

由此看来，这御书楼乃中华民族文化宝库，岳麓书院不但藏书秘典，更有施教解惑，学术争鸣的重要功能。

转出御书楼院落，信步行走时，遇到了中国书院博物馆，外表建造风格迥异于书院其他建筑，纯现代派。似乎没有大门，我们是走侧门进去的。

博物馆的前厅并不大，展台上有一些书，孤独地摆放在玻璃柜子里。其中一本书是清乾隆五十八年的刻印本，书是翻开了的，上面显露的扉页上用大字号写着《十国春秋》。看一眼正文，里面有这样一段文字：“张延瀚卒，契丹主遣史献马四百匹。是时建学馆于白鹿洞，置田供给诸生，以李善道为洞主，掌其教，号曰庐山国学……”（标点是笔者加上去的）。

岳麓书院中的博物馆，在前厅显赫的位置展示白鹿洞书院的历史，为什么呢？其实，这正是在提示游人，别忘了这博物馆前面还有“中国书院”四个字。不管到哪里旅游，一定要先了解所要参观的对象表现的或者说涵养的主题是什么，不然，真就是走马观花而已。欣赏自然景观，解读人文历史，要与自己敬畏天地、感恩社会的人文情愫有机地结合在一起，才能不枉一游，不负此生。前不久我写了一首《古风·旅游杂观》表达了我的旅游观：

秀丽山川多美境，
古今游者各舒声。
流觞清士醉诗画，
题壁大儒垂赫名。
虚景争相留玉照，
羁身无奈躁心情。
怀中未抱天人愫，
消费安知是此生。

在古香古色的岳麓书院，建一座现代派的博物馆，所要表达的主题是：书院作为一种文化瑰宝，早在春秋时期就有雏形，兴于唐朝，盛于宋代。据统计，宋代建造了 173 所书院，将其作为教育与学术研究基地，并为教育与学术研究的互促发展奠定了基础。中国四大书院，现今公认的“海内第一学院”首推白鹿洞书院，作为中国书院博物馆，把白鹿洞书院的历史信息放在显赫位置，就不言而喻了。

馆内各展厅的布局呈回环式，楼上也是一样。我们观看了一些有关岳麓书院以及其他书院的发展简史；看到了各个历史时期，有关书院建设和功能的一些原始书籍；还看到了绘有早期书院外景的画册，画中有青山秀水、曲径楼阁；楼上展厅里陈列着历代名士题写的匾额，诸如“魁元”“秀公书舍”“书香垂裕”等。最能显示书院主题的是大师讲学论道的真实史料，“二贤洞教”碑的碑文拓片弥足珍贵。碑文记述了理学大师朱熹、陆九渊在书院讲学的讲义。宋代以前的学院，主要以藏书为主，宋代开始集藏书、教学和论道三项功能于一体，使学院具有了历史书籍陈列地，学术高端争鸣前沿地，对外开放因材施教育人地。

程朱理学的创始人周敦颐、程颢、程颐和后来的朱熹都曾在各大著名书院讲学论道。朱熹在周、程的理学基础上，兼蓄了释、道的部分理论，形成了“理气学说”。理，天理，天地万物所遵循的规律；气，万物运动的内能，也就是事物发展的动力。他认为，天理就是上天固存的规律，一切自然界、人类、社会运动，都必须遵循天理而行。规律是超自然的，不以人的意志为转移的。“天行有常，不为尧存，不为纣王”。人类的伦理道德要以天理为基准。气是物质变化的内动力，气生于理，气中寓有理，并受理的支配，理是第一性的，气是居于客位的，第二性的。认识论方面，朱熹主张，知于先，行于后，但是行重于知。“知之愈明，则行之愈笃；则知之益明”。在人性论方面，朱熹认为，不应简单地“存天理，灭人欲。”而应“遏人欲，存天理”，人们对生命，生存，生活所必需的欲望是应予满足的，这就有别于佛家的“无欲乃佛”的理论。程朱理学的形成与推广，书院起到了重要的载体作用。

走出博物馆，来到了儒家大院——文庙。院门前有一牌楼，上书“道冠古今”四个雄浑有力的大字。院落里有“孔子行教像”雕塑，再向里走便是大成门、大成殿等建筑。时间不早了，就不进到里面去看了。

从文庙出来，就已经转回到书院大门了，大门与前门之间有一似亭非亭、似阁非阁的建筑，看过门楣知道这里是赫曦台。赫曦台原本建在岳麓山顶，是观日出的亭台，后来因年久失修，于清朝时就不复存在了。赫曦两个字是朱熹对岳麓山顶的称谓，我想，双“赤”为“赫”；“曦”乃晨光。赫曦，用现代的话讲，就是“日出东方红”的意思。先不管这解释是否贴切，反正毛主席来过这里，一轮天上的赤日，一轮人间的太阳，同时出山，有诗为证：

和周世钊同志

毛泽东

春江浩荡暂徘徊，
又踏层峰放眼开。
风起绿洲吹浪去，
雨从青野上山来。
尊前谈笑人依旧，
域外鸡虫事可哀。
莫叹韶华容易逝，
卅年仍到赫曦台。

1955 年 6 月，毛主席到湖南考察农村合作社发展状况。主席老同学周世钊陪同登上岳麓山赫曦台。周世钊写了一首题为《从毛主席登岳麓山至云麓宫》的七言律诗，毛主席就写了以上这首和诗。现在，这首和诗，连同张栻、朱熹当年在赫曦台写的联句，还有王阳明《望赫曦台》诗，一起书录在赫曦台里的一块屏风上。我在细细品味大家手笔的时候，发现了一件趣事，主席和周世钊的《七律》诗中，第四句韵脚的“来”字，末句韵脚的“台”字，与王阳明《七绝》的第二句和末句韵脚的两个字完全相同。与其说，主席是在和周诗，不如说，同时也在和王诗。以律和绝，真绝！

告别岳麓书院时，天色已晚，再次坐上公交车，返回酒店。公交车沿着湘江西岸北行，傍晚的湘江、橘子洲在夕阳的辉映下更加美丽。惟楚有才，于斯为盛，一点都不夸张。屈原贾谊，楚湘大才；润之和森，华夏砥柱。“高山仰止，景行行止”。

正思虑间，突然听到车内喇叭报站的声音：“前方到站，新民学会”。哎呀，这是毛主席早年从事革命活动的地方，革命圣地呀！原来这里离岳麓书院这么近，可惜，时间不够了，不能下车拜谒了。当年毛泽东、蔡和森、李维汉，还有何叔衡、谢觉哉等七十多位老一辈无产阶级革命家在这里研究马克思主义，组织民众反对军阀，成立共产主义小组，为 1921 年中国共产党成立奠定了基础。蔡和森的妹妹蔡畅，也曾经是新民学会会员，后来和出生长沙的李富春结为伉俪，两人都是著名的无产阶级革命家，他们的独生女儿李特特，20 世纪 50 年代初从苏联学成回国，主动放弃条件优越的农科院工作，来到我们友谊农场，投入开发北大荒的伟大事业。她和农场工人一起，风餐露宿，不惧严寒，是北大荒精神的缔造者之一。也就是说，北大荒精神蕴含着楚才的基因。1969 年，我作为战备卫生员，经过 3 个月的培训之后，分配到 18 团 5 营 43 连卫生所实习。这里就是友谊农场 5 分场 1 队，当年李特特垦荒创业的地方。老垦荒队员给我讲了许多关于她与他们同甘苦、共患难的故事。他们白手起家，冬夏住在帐篷里，硬是在一片荒原上开垦出 2 万多亩土地，盖起了一座座拉草辫房子，建成了一个像样的生产队。实习结束后，我去了前线，荷枪实弹地驻扎在乌苏里江畔的密林里，直到一年以后才离开。那时的我们，血液里充实了北大荒精神的力量，心里有共产主义的坚定信念，真的是“一不怕苦，二不怕死”。现在人也许会认为是夸张，但是，经历过那个年代的人，他们都会这样说。

长沙半日，我所感觉到的、感知到的、感悟到的，都是对“惟楚有才，于斯为盛”诠释。

毛主席故居

彩图

二、韶山感怀

太阳还没露头，我们的旅游大巴就已经上路了，长沙到韶山的路并不远。以往旅游，大都盼着早一点到达目的地，今天不一样，特别想多看一眼沿途景致。晨雾在前路上净尘，远山时而躲藏，时而探头。路两旁是连绵起伏的绿地，青青的水稻秧已经没膝。不时地出现一块又一块的方塘，这方塘竟然从平静的水面上冒出轻柔的白烟，升起一米多高时，渐渐弥散开来，塘边的青草纹丝不动。没有飞鸟，没有人影，一片静寂之中，只有白烟在升腾，在飘逸。我的呼吸很平静，我的心却在悸动……

一百年前，有一位伟人，也是在这样一个沉寂的早晨，也是在这条路上，走到长沙，走到湘江，沐春雨求证真理，披秋霜高声呐喊：

“问苍茫大地，谁主沉浮！”

企盼着到韶山看一看，已经有 50 年了。那时，我正在读初中一年级，中学生可以到全国各地去“串联”，年岁大一点的同学，有的去了北京，有的去了延安，也有的去了井冈山。剩下的就是年龄太小或家庭生活十分拮据的了。忽然有一天，几位男同学跟我说，要结伙去韶山，我当时很是兴奋，回家就对父母讲了这件事。父亲听后说：“出去长长见识也好，不过，现在不行，等再过些年，你考大学时，咱往武汉考，那里离韶山很近，想去随时都能去。”父亲是当地公认的能“识文撰字”的人，1963 年，父亲被派往湖北支援开荒，在武汉地区工作过半年多，父亲说的话是有道理的，我没有反驳。再说，那年虽然我才 12 岁，但是，我知道父母有多爱我，从母亲的表情上，看得出他们是在担心我的安全，我没有任何不高兴的表现。从那时起，心里一直惦记着有朝一日，上大学，去韶山。

1968 年，大批城市青年，上山下乡。我初中还有一个学期没有读，全学年提前毕业了，回乡务农。城里来的叫“下乡知青”，我们叫“回乡青年”（这是记忆中的事，以后根本没人这么叫）。城市知青一代人作为共和国的长子，为了国家和民族的利益，做出了巨大牺牲，我是亲眼所见的。而我们农村的孩子，回农村劳动，和城市知青一起，同吃同住同劳动，耳濡目染，也接受了不少城市文明的元素。后来，国家出台了工农兵上大学的政策，方法是，自愿报名，群众推荐，组织批准。农民的感情是真挚的、朴素的，心痛这些少小离家的城市知青，尽可能地推荐他们上大学；他们也确实表现优秀，讲大局，爱农村，有知识，肯吃苦，推荐他们上大学，成就他们的前程，是对的。而我呢，大学的梦还在，去韶山的梦还在——是“梦”，不敢加“想”字。

历史是螺旋式发展的，旋转一圈回到的不是原点，而是更高一个层面的起点，我通过自学，参加成人高考，以高分考上了哈尔滨医科大学，还当上了学生会主席。

只要梦还在，就有实现的那一天。

50 年前的另一个梦——到韶山，今天不是来了吗！

汽车停在了韶山村村民委员会的院子里，青灰色的三层小楼，大门两侧悬挂着 4 块牌子，主牌上写着“中共韶山村总支委员会”。一般说，村一级的党组织都是支部委员会，这里是总支，可见韶山村的党员人数一定很多。雨搭上面的横幅，写着毛主席当年回韶山时写的一首《七律》里的两句话：“为有牺牲多壮志，敢教日月换新天”。我注视良久，这就是韶山精神，也是中国精神。

“为有牺牲多壮志，敢教日月换新天。”毛主席以逻辑思维和形象思维相结合的创作手法，用老百姓都能听得懂的通俗语言，积极地展示了在建设社会主义新中国的历程中，共产党人的坚定与豪迈，中华民族的达观与自信。

我们来到毛主席铜像广场时，这里已聚集了数百人，人们穿着各式的民族服装，手捧鲜花，纷纷来到铜像前，毕恭毕敬地把一束束鲜花摆放在基座的周围；还有一个团体抬来了 2 个硕大的花篮，摆放在基座的正前方。人们很有秩序地站好队，依次从铜像前走过，鞠躬朝拜。铜像面向东南方，在初升的太阳照耀下，熠熠生辉。周围的苍松翠柏，接续着广场两侧的浓浓绿荫，延至远山，形成绿的海洋。这海洋的绿涛，逐着东风，溢着祥和，按摩着朝拜者悸动的心。

阳光越来越明媚，等待参观毛主席故居的人们，集中在一个小园林里，绕着曲栏，有序的接龙前往。这里乔木和灌木参差错落，间有散栽的各色鲜花，相映成趣。更有趣的是，本来无风无雨，一些略带香气的浓密的树叶，却在不住地滴水，水滴落在低矮的叶子上，接受了和光的透射，闪着七彩的晶莹，跳跳荡荡地落在人们的手臂上、鞋子上，甚是惬意。

毛主席的故居已经有百余年的历史了，一个标准的农户家宅，总体构造呈凹字形，青石砌的地基，墙壁是用黏土坯垒砌而成，一半是茅草盖，另一半是青瓦盖，窗子和门都很小。主席一家的生活起居、家畜饲养、生产资料储藏，都集中在这一幢房子里。庭院不大，没有篱笆，四周便是田园和林木；门前不远处有半亩大的一块方塘，再远一点有条笔直的沟渠，塘里的水和渠里的水都很清澈，可以照见油油的水草。就是这样一个普普通通的农户家，孕育出领导中国人民奋勇抗争，推翻三座大山，实现中华民族伟大复兴的旷世英才。

这户房宅的主人，就是一对朴实的农民。他们有三个儿子，其中两个被国民党反动派残酷杀害；长儿媳在敌人的屠刀下大义凛然、慷慨赴死；侄儿、侄女也为了忠贞的理想英勇就义；长孙在抗美援朝战争中英勇牺牲；两个小孙子被迫流离失所，一个留下终身残疾，一个下落不明……

满门忠烈啊！

这是一个农民家庭，却充满着革命的坚定性。毛泽东从这户农民家庭走出，走遍了韶山，走遍了湘潭，走遍了湖南，撰写了《湖南农民运动考察报告》和《中国社会各阶级的分析》等指导中国革命的纲领性文件，提出了解决中国民主革命的中心问题——农民问题的理论与政策；提出了发动群众，依靠群众的群众路线；提出了农民阶级是工人阶级的同盟军，界定了谁是我们的敌人，谁是我们的朋友的阶级划分。这一切标志着处于幼年时期的中国共产党，最先得到马克思主义精髓的是毛泽东，是毛泽东将马克思列宁主义的理论与中国革命的具体实践相结合，创立了毛泽东思想的理论基础。如果说毛泽东思想是集体智慧的结晶，那么这个集体当然也包括和毛泽东一起参与考察的革命家和被考察的农民运动的先行者。这样说，应该是符合毛泽东思想的。

韶山，让我再看你一眼。

小小村落，田园里点缀着民房，水木相映，远山苍翠，无限展远的山水画卷，这是大自然的手笔；而在我们每个中国人心中绘出的最美好的愿景，又是谁的手笔呢？

韶山感赋

晨曦透楚天，
苍翠四周山。
香树疏滴露，
方塘漫煮烟。
寻常青瓦舍，
伟大赤摇篮。
筑梦航程远，
仰君操舵帆。

湖南张家界天门山

彩图

三、武陵踏歌

（一）天门洞

天门山位于张家界市的南面，隶属于武陵山脉的南支。我们在张家界市区吃过午饭后，乘车前往天门山。

行进间，远远望去，天门山山形突兀，山体陡然；车到近前再看，峰高崖险，树木葱茏，给人的第一感觉就是雄浑大气。

大巴车来到山脚下，导游告诉大家，接下来将驶入盘山道，要经过 99 道弯，才能达到峰腰平台。这条盘山道名曰“通天大道”。为什么起了这样一个名字呢？只有亲历过这条路的人才能深谙其义。

天门山脚下有一处叫标志门的地方，我们必须在这里换乘旅游公司的中客才能上山。从标志门向上行驶大约 10 公里，便可到达天门洞观景台。这短短一段路程，要上升 1100 米的海拔，并且平均每公里要转 10 个弯，大都是 180 度的急转弯。

我坐在汽车右侧靠窗子的位置上。汽车开始爬山时，右侧路旁是人工开凿过的山体，车身就像擦着凸凹不平的石壁忽闪而过；向前方望去，不时有伸展的树冠探到路面的上空，车子逼近时，险些拍在风挡玻璃上，然而，车身却是从树枝下面穿过的，感觉像有树叶拂扫车顶；路面的坡度越来越大，汽车发动机的轰鸣声也越来越响，车速渐渐放缓，感觉车身的仰角急速增加。车速、仰角、机器沉闷的声音加之车身的微颤，让人不免担心——汽车即将倒退回去……

汽车并没有倒退回去，继续以牛车的速度爬行。左前方路旁立着一面明晃晃的凸透镜，正前方已无路可走，车身开始向右微倾，同时向右方来了个 180 度大转弯，就在转弯的一刹那，我的心更加紧张了，身边已不是紫褐色的石壁，而是空旷的天空。我的身体不由自主地向左侧倾斜，这是一种下意识动作，因为，我的右脚像是悬在树梢上一样。大着胆子向右下方看一看，万丈深渊里，深青色的树木沉寂在缥缈的淡雾下，那淡雾如轻纱一样游弋在山谷中，那山谷空荡荡，没有一丝声响。

路旁的护栏是断续的，路的全宽，刚好容纳两辆车通过。有时候，明明听见前方不远处有汽车喇叭鸣叫声，但是却看不见车，你的心跳会随着汽车转弯而不减速迅速加快，当你看见对向来车的车头时，两车已经交汇在即，多普勒效应产生的渐增性巨大声响和这声响的迅即消失，你的心也同时上提到顶点，又迅即降到了低谷。难怪换乘时，导游询问游客，是否有心脏病人。类似的情况，经历了两次以后，便稍有适应，这时，我才发现，不管路况如何，汽车始终沿着右侧车道行走，绝不越过中线，这样就确保了对向行驶的车辆永远都不会迎头相遇。司机的驾驶技术熟练而且高超，我们大可不必为安全担忧，带有刺激性的紧张感受，也算是旅游不可缺少的体验。

通天大道，意为通往天庭之道。99 次大回旋过后，晕晕乎乎地像穿透了九霄，直达“天门”。偌大个“天门”向北“洞开”。从观景台到“天门坎”有 999 级石阶，号为“天梯”，目测仰角足有 45 度之大，绝顶的气派。

天门山，原名嵩梁山，又叫云梦山，与河北邢台的云梦山重名。上溯 1735 年前，山体訇然崩塌，在峰顶处出现一个南北走向的通天大洞。天地异象，惊动世人，福兮祸兮，其说不一。那是公元 263 年，蜀国在魏国的强大攻势下，宣布降魏，三国只剩两国。吴国国君孙休，将云梦山更名为天门山，意寓云梦祥远，天门洞开。然而，最终吴国也没能成就一统天下的梦想，屈为晋臣。天门洞的突现，巧合了一个时代的终结，三国归晋，江山一统，战乱方息，民得稍安。年底，著名建安七子之一的阮瑀之子，竹林七贤之首阮籍谢世。阮籍在世时，曾这样评价过刘邦：“世无英雄，遂使竖子成名。”他虽然没能亲眼看到司马氏代曹立国，但是，在他的心里，给刘邦的评语，也一定适用于司马家族。这或许能折射出一代文豪所萌发的早期唯物英雄史观。

刘备父子，自谓中山靖王之后，乃汉室宗亲，立国曰蜀。汉家王朝的最后一脉，也无力回天——蜀国灭亡——预示着三国时代的终结。这事发生在 263 年。

云梦山（嵩梁山），突然崩塌，形成天门洞，也是 263 年的事。

这两件事，发生在同一年，一个是自然界的地理异象，一个是社会发展的历史更迭，本没有必然联系。巧合而已。

我的左膝关节前不久意外扭伤，正处在恢复期，眼望着天门洞，就是不敢上去。导游为我们指了另一条路，可直达峰顶。与其说是一条路，不如说是一条人工隧道，这隧道相当宽敞，内装 12 部超长的手扶式电梯，像盘山道一样回折接龙，滚动而上，从第一级电梯开始，到隧道顶端，足有 1 公里长。这样大的一项工程，真不知要耗费多少银两。出了隧道，确切说，应该是电梯甬道，就来到了天门洞的南洞口。洞高 130 多米，宽 50 多米，南北洞长 60 多米，曾有飞机从洞中穿过。洞口西侧，有一条玻璃栈道，附于崖壁，向北就势延伸。玻璃是透明的，护栏是不锈钢的，有胆小的人，手扶石壁，战战兢兢，大有眼前如临深渊，脚下如履薄冰之感。双腿趑趄，口中嗫嚅，在众人的劝导和拥簇下勉强前行。

玻璃栈道修在山体的西侧崖壁上，正好接受斜阳的照射。脚下的玻璃和身边的不锈钢扶手，闪着刺眼的光。崖壁上探出弯曲的枝丫，擎着浓密的绿叶，有的树叶像猪耳朵一样肥阔，有的树叶在风中沙沙作响，而这“猪耳朵”却伴以相对和谐的深沉的低音。紫褐色的石壁，偶尔有涓涓的细流自上方垂滚而下，附壁青苔毛茸茸的，触手凉润，纤弱可爱。太阳下面，耸立着一座座高低错落的山峰，峰峰比肩，一片苍青。

刚刚踏上玻璃栈道时，我和每位游客的心情是一样的，紧张的情绪大于审美情趣，心是“揪揪”着的，走着走着，受周围人快乐情绪的感染，加之奇特景致对眼眸的吸引，紧张的心情渐渐地舒缓下来，但是，潜意识里，安全二字依然没有淡化。走过一段路以后，感觉到，脚下的玻璃路面是踏实的，身边的扶手是坚固的，于是，也举起了照相机，让自己的身心走进大自然的静美画卷，眼界在立体地舒展，思绪在无涯地放飞。

玻璃栈道的另一端是一处近半月形的平台，这平台的外护栏和内侧崖壁，就是玻璃栈道接续出来的膨大部分。虽然感觉上比栈道安全得多，但是，由于滞留这里的人太多，靠近崖壁行走的人流，摩肩接踵；外圈站立的游客也较为密集，倚栏拍照的人像走马灯一样，一拨又一拨，导游告诉大家，选好景点抢拍几张就好了，这里不宜久留。随着人流过了一个转角，就到了索道车候车场了。

随着旅游业的日渐兴隆，旅游景点的服务设施也在普遍升级。为了让旅游者尽享自然与人文景观，各地旅游景区首先在方便交通上花了大气力，投了大本钱。我国人口日趋老龄化，外出旅游是老年人后半程生活的重要内容，但是，往往因为体力渐衰，行走不便，只能是望途兴叹。天门山景区浏览即将结束之时，站在熙攘嘈杂的人群中，静心梳理这大半日的旅程，感到很舒心，这样一座高大险的山峰，竟然没有消耗多少体力，就游览完了。

接下来，我们有秩序地进入了索道车登车平台，8 个人一组，快捷地登上了匀速环行的索道车。车体是箱式的，8 个人分两排对坐。四面的箱壁是透明玻璃的，周围景色一览无余。以前，也曾坐过几次索道车，小型的有双人车，大型的有 24 人车，大都是箱体车。也有一次坐的是椅式的，基本结构是，两个连体的玻璃钢椅子，中间固定着一根垂直的钢丝，其上端悬吊在缆索上，下端连接在椅子上，还连着两条布带，用来兜住游人的裆部。椅子的前方横着一根钢管，算是扶手，人坐上去，既稳固，又自由。向下滑行时，有如在空中飞翔一样——潇洒、自在、刺激。现在坐在厢式缆车里回想那次乘坐的“椅式滑行器”多少还是有些后怕。

天门山索道，据称是世界上行程最长的索道，大约 7.5 公里。从上站到下站的高度落差超过 1000 米，也是世界少有。由于是傍晚，山里的雾气又大，隔着玻璃窗，只能看到脚下峰峦的轮廓，一座座山峰，形似新笋，色泽墨绿。当车厢贴近山顶时，可以看到疏生的树木。顺势下滑时，向下俯瞰，乳白色的浓雾，沉在谷底，把所有的动植物都埋了起来，较高的树木把尖梢探出白雾之上，彰显着沐雾后特有的新绿，我就叫她“雾海吐翠”吧。滑行了 20 多分钟，天上反倒亮了起来，我们已经出了群山，脚下的房子渐渐多了，刚开始看到的房子都是建在树林里，河谷旁，接下来，房子越来越密集，楼也越来越高，我们就飞翔在楼群之上。原来这天门山索道的下站，坐落在张家界的市区之中。

把缆车站建在市区里，应该是一项创新，或许是为了方便了游客，或许是为了适应落差设计的需求，存在就是合理的。但同时也有相应的副作用产生，附近的生活圈整日要忍受机械噪声的干扰。虽然是这样，这里人们的发展优先的先进理念，加大了群体的容受性，缆车依然在日复一日地往返运行。

据说，缆车的全套设备，都是从法国进口的，我想，我国的高铁建设，世界第一，将来，制造缆车设备，应该也能创造世界第一。实现这项世界第一，远比缆车设计长度世界第一更有意义。

晚上入住碧桂园酒店。睡前，想把一天的游历及感想记录下来，但又一时难以成文，想到天门洞形成之日，正是三国战乱，蜀国灭亡之时，于是就把对三国归晋这段历史的感慨压缩成长短句：

临　江　仙

天门山怀古

旋上山腰舒望眼，
峰林似笋弥新。
淡云流泻涌天门。
氤氲多幻化，
隐隐列诸神。

那日汉家阳数尽，
訇然云梦崩分。
横戈乱战百余春。
空劳吴魏蜀，
金鼎落旁人。

彩图

张家界

（二）武陵源

昨晚夜宿张家界市，今天一大早，就上了大巴车，开始向武陵山的深处进发。昨天看到的群山是从索道车的吊箱自上向下俯瞰的，一簇簇山峰，有如遍地青笋一般，云涛在山腰以下翻腾成海，见峰不见底；现在看山是要从下向上仰望的，云雾在山腰以上飘浮，见壑不见顶。大巴车转弯的时候，我从车窗向外远望，又看见了天门山，山体雄浑，峰顶隐于云雾。眼前的景物，又把我的思绪引向昨晚草就的那首《临江仙》里，“氤氲多幻化，隐隐列诸神。”是啊，武陵源有史以来，就流传着诸多神仙级人物的故事。传说，汉初时的留侯张良，晚年欲退隐山林，赤松子曾引领他深居于此。赤松子可是位列仙班的大师，后人曾将其与鬼谷子齐名，其实，鬼谷子的身世定格在战国时期，而赤松子的身世可上溯到炎黄、神农时代。至今，人们仍认定天上掌管布雨的神仙就是赤松子。如果说，张良隐居武陵源是赤松子引领而至，那就只能当作历史故事来听了。但是，张良打从心眼里敬仰逸民高士，是有籍可考的，司马迁《史记·留侯世家》一篇中，在言及高祖欲更换太子时，张良为吕后献策，将刘邦欲得不能的四大隐士，招致太子门下，以提高太子在父王心目中的地位，果然奏效，刘邦看到太子把自己多年想得到的国师，从山野之中聘在左右，能力已不在父王之下，于是，决定不换太子了。从这个故事里可以大略感知到，国有大器，常逸于民，古今同理。毛主席就非常重视民主人士，与柳亚子的多次和诗，可见一斑。其实，不是所有生活在民间的有文化的人，都能称为隐士，隐士必有济世之才，或因遇不到识才的明主，或因避祸逃逸深山，当然，也有像陶渊明那样的，超凡脱俗，弃官隐退的。提到陶渊明，便想到了“武陵客”一词，陶公写《桃花源记》，指明了那世外桃源就在武陵源，所以，后人就把隐士称为武陵客。距离张家界不远处，有一个地方还真叫桃源县，不过，据考，这个县名是东晋以后起的，是不是陶公所讲的桃花源，悬念无人能解。我没去过桃源县，这次行程里也没有把观赏桃花源列在其中，想象中，那里到了桃花盛开的季节，一定是游人如织。陶公写《桃花源记》，成为千古名篇，但以他本人的性格，更偏爱东篱菊和南山松，他在《归去来兮辞》里写下“三径就荒，松菊犹存”的句子，后人借此将陶公称作松菊主人，再后来，松菊主人一词，也和武陵客一样，成为逸民隐士的代名词。

后来人也多有自认为怀才不遇者，耐不住现实给他带来的焦虑，也想着远离喧嚣，隐居山林，过逸民生活。但凡有这样想法的人，真的到了僻静之地，保不齐会耐不住寂寞，又想着重出江湖。这些人，胸无大志，算不得隐士。

经过一段车程，我们来到了张家界大峡谷，随着熙熙攘攘的人群，登上了玻璃栈桥。站在桥上环顾六合，虽身置烟雾之中，却觉心神开朗。向下，烟锁长沟，弥不知深，时有微风滑过，似携仙韵，莫非古之渔唱，留韵跌宕至今？向上，雾霭冲穹，偶有微珠漂移，润颜沁脾，但见东方透红，群山披纱露翠。桥的那一端，于山坳之中，隐约几间白色房屋，树木掩映，静若丹青。不由得想起了前几年我在博客群里看过的一幅画，那是潮州画家陈雪娴画的一幅油画，名叫作《梅花村》。那画中的景物，和眼前的景物基本契合，只是画面里的桥不是玻璃桥，而是草桥。陈雪娴请我为这幅画作题几句诗，于是，我就仿照古风体，依原题写了几句，送给了陈雪娴。后来，我又在这首小诗的基础上进行扩写，现抄录做结。

梅 花 村

陶令梦写桃花源，
后人几多痴心勘。
某生乡试未及中，
回归途中心茫然。
尘世喧嚣不得志，
莫如武陵访神仙。
一路向西奔湘楚，
大道不走徙山川。
林深树茂风瑟瑟，
时日不知衣渐单。
眼前突兀平皋现，
云霞掩映依天边。
参差树木白霜挂，
溪流漫漫出岩泉。
百丈之外矗壑壁，
形似辕门未开全。
想来已到秦民地，
壁内游弋袅炊烟。
秋冬之交尽肃飒，
不见桃花亦自然。
手扶石壁顺隙窥，
一片奇景入眼帘。
万亩梅林如绉锦，
或红或白两相间。
近处似火雪中烧，
远若彤云抹西天。
一架草桥通村巷，
上有妪翁相扶搀。

一轮红日三竿起，
蒸蒸火球燃东南。
北竖万仞如棱镜，
亘古绝立大冰川。
此景恍惚武陵春，
仙境居高微微寒。
俄顷少年招手笑，
拉住来客嘘暖寒。
长桥颤颤云中渡，
二人轻似双飞燕。
村口咿呀大白鹤，
接引生客入庄园。
园林屋顶罩白雪，
小鹿成群互逐玩。
山鸡麻雀穿林唱，
狗拉爬犁雪生烟。
款款出迎农家女，
一袭素衣衬素颜。
身无环佩亦婀娜，
梅片殷红贴额前。
农女在前生在后，
一径引导入茅庵。
厅中若大青书案，
文房四宝香气宣。
多幅梅兰竹菊画，
端端正正壁上悬。
案左书卷并竹简，
案右古琴嵌琅玕。
正叹主人真雅士，
帘后走出一婵娟。

相揖落座互凝视，
主人印堂梅花鲜。
自谓南朝宋国女，
为避战乱徙深山。
只因爱梅胜爱命，
遍栽蜡梅满山川。
而今不食人间粟，
梅露养肌亦养颜。
整村老幼皆如是，
真容未改数百年。
采集竹黄松花粉，
合予梅实巧制丹。
岁寒三友互为伴，
无疾无恼乐陶然。
生闻主言甚觉奇，
有意长居在此山。
主人似解客心境，
亦劝小生弃尘凡。
潜心读书破万卷，
慧根深扎定力坚。
此间生灵皆挚友，
每日三餐无腥膻。
四时无别奈清冷，
颜值韶华看等闲。
静爱红梅远红尘，
春心不动怡天年。
此时小生心犹豫，
半喜半忧进退难。
喜变梅花村中人，
凭空得来长寿仙。

忧虑平日情欲旺，
从此清规戒律严。
梅花庄主微含笑，
示意来客心放宽。
接风洗尘设午宴，
水酒佳馐备置全。
坐看小生随心用，
又命群娥奏管弦。
抚琴仰天歌一曲，
曲牌依稀忆江南。
来客几日腹中饥，
又恐日后难尝鲜。
适有仙女奉美酒，
英雄意气渐飘然。
庄主闭目眉微皱，
额前梅花暗红嫣。
琴声低婉似有怨，
清泪盈盈眼中含。
小生年少弱酒力，
奈何梅酿甚甘甜。
曲到情真难抑处，
心中暗涌乡思牵。
歌者已知客心事，
敛容近前把酒添。
君既来之则安之，
修心百年自成仙。
生饮此杯觉骨酥，
头重体轻如行舢。
眼波荡漾随舞女，
苏州河莹灯火斓。

起身欲执庄主袖，
发誓留在红梅园。
有朝修得仙人力，
定将梅村金陵迁。
但见庄主长袖舞，
漫空梅花比星繁。
花瓣缤纷徐徐落，
覆在客身彩锦般。
飘忽如仙恍如梦，
脚下太湖与灵山。
云里雾里清气爽，
惬意漫游山水间。
梅花片片化白雪，
旋有冷风轻拂面。
夕阳西下霞染血，
点点微光原野间。
茅庵依然门楣矮，
不见梅林与花仙。
小生酒醒心亦醒，
人间烟火在眼前。
多少跃跃欲仙客，
俗子烙印难超然。
仙境只在虚幻中，
仙人何曾下尘凡。
生于此间遍种树，
庵前舍后无空田。
左育红梅右植桃，
岭前翠竹岭后杉。
忆及梅神音容韵，
倍加辛勤不偷闲。

春来桃花映日暖，
冬至梅英耐雪寒。
秋摘竹黄与乌梅，
夏收松花粉正鲜。
滴入梅露梅花酒，
肺病胃疾服之痊。
远近村民皆受益，
良方乃是梅神传。
生本满腹经纶人，
潜心行医苦钻研。
如此人间梅花村，
绝胜世外桃花源。
悬壶济民求同乐，
梅魂梅骨活神仙。

彩图

张家界大峡谷

北京、天津、上海、哈尔滨、温州及北大荒知青相聚贵州

彩图

第七篇　相聚贵州

一张照片，
记录着一个难忘的瞬间……
一群七十岁上下的老者，
热情相拥、泪水涟涟……
歌，还没唱够，
酒，还没喝完。
颤抖的喉咙，已难成曲调，
离别的老酒，再一次添满。
这是怎么回事？
听我慢慢说根源……

贵州古镇夜景

一、第二份请柬

我和老伴在沈阳的女儿家小住，主要是我的牙齿影响咀嚼功能了，女儿为我选了一家较好的牙科医院，想把我的牙齿好好治疗一下，我同意了。这期间，我收到老友郑广凌的微信，内容是一份请柬，希望我和夫人能在2020年10月16日赶到贵阳，届时将有30位老战友在那里团聚，一边游览贵州风光，一边共叙战友深情。我当即回复，表示很高兴接受广凌的邀请，一定按时参加。

广凌组织战友异地聚会，这已经是第二次了。

2018年的秋天，广凌给我发来了第一份请柬，说他准备召集当年在兵团一起生活工作过的老战友，到华东五省市畅快地旅游一次，聚会期间所发生的一切费用，均由广凌承担，非常希望我能参加。当时，我心情很是激动，真想立即飞到他的身边，与战友们团聚。但是，我的确工作紧张，难以抽身。因为，那时候，友谊县人民医院和友谊农场医院正在组织合并，我虽然是退休回聘人员，但是两家医院之间的沟通与磨合，任务很艰巨，我二十年前曾在县医院工作过，退下来之后，又受聘于农场医院主管业务工作多年，这次两院合并，县场领导希望我能从中多做沟通工作，促使合并任务顺利完成。在这个时候，我实在不好放下工作参加聚会，于是，就婉言谢绝了广凌的邀请。后来知道，那一次聚会，广凌张罗得十分成功，参加的人们余兴未尽，于是才有了第二次异地团聚——贵州之旅。

广凌兄是温州人，20世纪70年代初，随着知识青年上山下乡的滚滚浪潮，怀着建设边疆、保卫边疆的满腔热情，来到了黑龙江生产建设兵团3师18团5营50连，成为一名兵团战士。

广凌下乡的时候，正是北部边境异常紧张的时期。因为他所在的连队主要以生产劳动为主，而他却想做一名真正的扛着枪杆保卫边疆的战士，于是，他积极申请，要求到以戍边为主要任务的连队去，营首长根据他来兵团后的一贯表现，把他调到了46连值班分队。连队刚刚从前线后撤不久，原有的老同志大多数都调整到其他单位工作了，我是值班分队的卫生员，兼任团支部副书记。共青团是党的有力助手，在党和群众之间起桥梁和纽带作用。团支部工作十分活跃，经常组织战士们进行理论学习，写广播稿件，出黑板报。广凌是一名才子，撰写稿件、组织材料、写黑板报，样样在行。于是，我俩很快就成为好朋友。他的字写得漂亮，上级团委组织黑板报比赛时，排版、板书大都由他完成。有一年年底，连长魏连成找到我俩，给我们一个任务，写一份连队年终总结，要求 3 天后交稿。我们两人在我的卫生所里编了一天一夜，交给连长，连长说“好、好、好！”在稿子预留的空格里填写了一些数字，高兴地带走了。当时的年轻人，一心想着上进，广凌不顾疲倦，接着带领他们班里的战士工作去了，那会他好像是当班长了。

广凌不但有才华，工作热情高，与战友们相处，感情也十分真挚。用北大荒人的话说，从不玩虚的。记得有一天，战友吴庆富因公负伤，伤势十分严重，我们七八个人用担架把庆富抬到汽车上，往十八团医院转送。为了防止颠簸，大家都跪在车厢里，把担架悬起来。这时，郑广凌突然钻到担架底下，以肘膝垫地，用背部托举着已近休克的庆富，安全送到了团医院。接下来，广凌主动请缨，留下来看护战友，直到一周后，庆富转危为安，他才返回连队。这段时间里，他很少合眼，几乎是昼夜未眠，深情地照顾着强忍断臂之痛的战友，就连同病室的病友们都深受感动，大家说，真想不到，一个来自南方城市的面容娇嫩的小知青，照护病人，比亲人还耐心。

人生真的就如白驹过隙，一晃快 50 年的时光过去了，很多事情都从记忆里淡淡地隐去了，唯独我与知青战友在一起的那些往事，至今还历历在目。

我和夫人一遍又一遍地品味广凌发来的第二份请柬，这份请柬，就像陈了多年的老酒，有知青岁月的艰辛坎坷，有多年战友的遥相思念，有别后各自创业的酸甜苦辣，有即将重逢的幸福的期盼。

广凌兄，各位兵团战友，我们贵州见！

长 相 思

冬雪纷，夏雨纷。
寒地温州生别人。
凝眸请柬亲。

情殷殷，思殷殷。
不负年华耕亦耘。
童头更念君。

温州下乡知青郑广凌及夫人和姐姐

彩图

当年曾参加珍宝岛戍边的战友们

彩图

二、响水河边忆往昔

10月16日晚，30位老人在贵阳团聚了。这些早年从北京、天津、上海、哈尔滨、温州等五大城市，下乡到黑龙江生产建设兵团的老战友，和当年回乡知识青年，在这美丽的云贵高原如愿重逢，一个个兴奋得如孩童般执手相看，深情相拥。

东道主郑广凌夫妇，看到他们邀请的战友悉数到齐，更是喜不胜收，拿出预先带来的珍藏多年的好酒，设宴款待大家。为了让战友们在贵州这几天玩得尽兴，广凌还特意委派他的表弟国海一路随行，负责联络和照顾大家。这位表弟也不年轻了，和我同岁，也是属马的。因为都是同龄人，很快就与我们融为一体了。他每天早起晚睡，平时做后勤，队伍行进时做前导，清点人数，分发物品，征求意见，外事联络，忙得不亦乐乎。

按照旅行社设计的旅游路线，第一天我们要去荔波小七孔游玩，然后在西江千户苗寨过夜。

这次旅游与以前不同，这是一个有素养、守纪律、讲团结、乐助人的队伍，大家同乘一台车，上车不是抢座位，而是把好一点的座位让给年龄大的或身体弱的。有一位叫李进的战友主动坐到最后一排，他20世纪70年代初，从温州下乡到兵团，在加工厂工作，曾经扛过麻袋，赶过种马车。他平时少言少语，因为和我们夫妇邻座，聊起在北大荒的往事，他的话便滔滔不绝了。他的文化底蕴深厚，他自制电子版旅游图，发到大家的微信里，精致、简约、明晰、实用。坐在我前排的是北京的莲姐，大姐就有大姐样，处处关心别人。她的膝关节受过伤，不能负重，大家就争着为她拎东西，她总是婉言谢绝，能坚持，尽量不麻烦战友。

今天的天气特别晴朗，导游旦旦说，在贵阳，很少有这样的日子，绝大部分时间都是阴雨天。一路上，旦旦几乎不停嘴地介绍贵州的概况，从自然景观到人文历史，从民族风情到衣食住行，讲得津津有味。大约3个小时，我们就到了小七孔风景区。

黔南的云贵高原，虽然地处亚热带，但是因为海拔在1000米以上，所以温度并不高，空气中负离子含量较多，感觉十分舒爽适宜。

从我们下车的地方，到小七孔桥，还有几公里的距离，之所以要步行前往，是因为沿途要欣赏许多优美的自然风光。我们走在一条新修的柏油路上，左手边的山体被郁郁葱葱的乔木和灌木所覆盖。各种不知名的鸟儿，以不同的频率鸣叫，欢快悦耳；右手边是一条湍急的小溪，由于地势起伏不平，溪水时而跳宕，时而平流；也许是水深不同，也许是河床的基质不同，水色时而湛蓝，时而碧绿。旦旦告诉我们，这条小溪名字叫作响水河，前边的一段大小瀑布绵延不断，当地人叫她68叠，说是68叠，实际100叠也不止，因为68这个数字，是布依族的吉祥数字，所以就这样叫了。

与不同的人一起旅游，怀着不同的心情观景，感受和思绪也不尽同然。我的脑海里闪现出了另一条河流——大别拉炕河。

50年前，我们值班分队因为执行战备任务，驻扎在完达山脉的深处，乌苏里江有一条支流，在我们的军营门前流过。今天这个团队里就有6人吃过这条河里的水。这 6 个人分别是：二排长詹树魁，七班长钱国栋，战士马福亮、肖宝林、倪忠道，还有时任卫生员的我。

今天，我们这些人徜徉在这青山碧水间，望着阿道那惬意的神情，我想起来阿道与河水的一段往事……

阿道是战友倪忠道的爱称，他是上海知青，1970 年底来到北大荒，分配到我们连，在一个极其寒冷日子，他与 5 名男同学，坐着敞篷汽车奔赴我们的驻地。当时，我们已经驻守在防区近一年了，自然是热情地接待了他们。

乌苏里江的西岸，就是完达山脉，营地驻扎在茂密的原始森林里，想挖一口井实在太难了，我们只好吃用山脚下蜿蜒流过的大别拉炕河水，为了使水源能够清洁一些，我们在河岸边挖了一个深坑，让河底的水渗到坑里，这便是我们的水井了。全连 138 人，食堂每天的用水量至少也要十七、八担，各班轮流担水，从山下担到山上，大约有 200 米的路程，战士们真个是“一不怕苦，二不怕死”，不管怎么累，都能保质保量地完成任务。阿道来了之后，就满腔热情承担起担水的任务。

记得那是 1971 年 2 月 27 日，大年初一的早上，天麻麻亮，阿道像往常一样，拎起扁担和水桶，准备下山，谁知，刚推开门，眼前一片白茫茫，一夜的大雪把下山的路埋得严严实实，最浅的地方，踏上去雪深也超过脚脖子。他一想，食堂还等他担水做饭呢，于是，就毫不犹豫地蹚雪下山了。他凭着一股激情，挑着一担水，开始踏雪爬山。一个体重只有 50 多公斤，从未干过重活的刚刚初中毕业的城市小青年，需要多大的毅力才能迈出艰难的一步。没走出多远，两只桶里的水，已经洒得没有多少了，于是，他回去再到冰窟窿里打水，继续顽强地往山上担。当他担到还差一半距离的时候，突然发现救星来了，康振林指导员带领战士们正在踩雪平路，大家帮他把担水的任务完成了。后来，谈起这件事的时候，他对我说，晓光，那天是新春佳节，正是倍加思念家乡，思念亲人的日子，可是我却没有任何忧伤，零下 30 多摄氏度的严寒，我在上海是从未体验过的，可是那一天我根本没觉得冷，浑身是汗，一是太累，二是着急呀！心里只想着一定完成担水的任务，哪里还想别的。他还记得有一天，他担着一担水在冰上滑倒了，人直接奔着冰窟窿滚过去，他觉得有人用腿挡了他一下，爬起来看看，那人是我。相对哈哈一笑，抖了抖身上的水，又继续担水了。

望着眼前这一脉青山，听着这潺潺的水声，我们这些人的青春虽然早已逝去，但是，那激情燃烧的岁月，却深深地印记在青春的记忆里。

后来，我和阿道在微信里聊起这件事，他跟我说：

“有的人说我们这辈子什么也不值……其实，人的一生，最珍贵的东西，就是那年我们共同在山上山下的时光，都在你我‘眼睛’里，我们最懂得：珍惜什么，恨什么……走到今天再往后，我们什么都值了，因为，起码：我们没辜负自己！”

他还跟我说：

“是啊……真的，换之今天，谁还肯那么执着，那么肯付出青春，付出年华……我真为我们是那一代人而感动……每每想起都会掉眼泪。”

诉衷情

荔波响水沸流长，
叠瀑旋风凉。
静潭照见华发，
往事宕心房。

年正少，
守边疆，
未彷徨。
梦中常忆，
铁马冰河，
呼啸儿郎。

三、老钱大哥等等我

小七孔景区的确很美，之所以命名为“小七孔”，是因为这里有一座古桥，桥身为石头砌成，桥下有 7 个圆形疏水孔道，石桥坐落在响水河上，桥的近端是黔南，远端是广西，走过桥去，就等于出省了。站在桥上向广西那边眺望，朗日之下，近处山体清明，远处青黛起伏，白云覆于山顶，氤氲弥漫谷底，大自然给小七孔设计了一幅绝佳的背景。

小七孔景区以响水河为纽带，周围数公里内，聚集着上百个优美的景点。除了 68 叠、小七孔桥，还有许多湖泊、瀑布、湿地和水上森林。我们 30 人，开始是结队而行的，走着走着，便拉开了距离，三五成群，且行且停，边欣赏，边拍照。卧龙湖的婉约静美，引人遐思无限；拉雅瀑布的潇洒奔放，让人爽心悦目。所有人都在用相机以不同角度，记录下天地造化之功，画中人的心灵之美。

快要接近小七孔桥时，我看到了前面的一位战友。

“老钱大哥，等等我！”

国栋听到喊声，迅即回头，大笑……

“晓光，一听就是你小子，四十多年没人这么叫我了。”

“老钱大哥，等等我！我那点蘑菇……”这句话，是 20 世纪 70 年代初电影《青松岭》里的一个桥段里的一句台词。老钱大哥就是剧中人钱广，代表“资本主义尾巴”的反派人物，私自用公家的大车捎带山货进城卖钱。一位村妇追赶大马车，说出了这句话，钱广听到后，挥舞一下长鞭，脸上绽出一丝诡笑。

打那以后，他们班的战士就管钱国栋老班长叫“老钱大哥”，原因是，他也姓钱，平时总爱笑。国栋知道这是善意的玩笑，就高兴地答应，全班人一团和气。

有一次，他们班集体上山伐木，找到了一颗“站干”。站干，就是站着死去并已干枯的树木，多半是雷击折断的。这种木头燃烧好，弄回去，用斧头劈成劈柴，用来取暖或做饭。国栋领着大家把树干锯倒，然后用绳子系好，大头朝前，在雪地上往回拖。因为是从山上往山下拖，一般比较容易，但是，也有一定的危险。全班 9 个人，有 7 人攥住绳子在前面拽，两个人分别在木头的两边，用木杠点撬，一是调整方向，二是防止大头啃地，增加阻力。遇到平地或者小上坡，就在木头的下面安放滚杠。所谓滚杠就是一小段约小碗口粗的圆木，木头在滚杠上行走，会省很多力。一般要有 2 根滚杠，每前进一段距离，就把后面的滚杠移到前面来，循环置放。这个活由负责点撬的人来干。国栋排在拽绳子的队伍的最后一位，这个位置危险最大，他不会让给别的战友。山里没有现成的路，雪地里满是小灌木，衣服、鞋子常常被刮破，手脚有点小伤是常事。那天，他们拽着拽着，突然木头自动快速下滑，前面的人来不及躲闪，可怜我们的老钱大哥的一只脚被木头的前端死死地顶在一棵松树的树干上，这点“山货”可把老钱大哥坑苦了，脚脖子当即肿了老高，内踝和外踝满布淤血斑。

师部首长派来了一辆三轮摩托，我护送国栋到了 101 野战医院，踝关节重度挤压伤，治疗了一段时间，血肿消了一些，就一瘸一拐地回连队了，见到迎接他的战友们，还是笑，只是笑颜里透着几分苦涩。

国栋喜欢唱京剧，在大山里，时不时地就喊两嗓子，水平不敢恭维。退休之后，他参加了社区小剧团，现在倒有点专业演员的范了。

我和国栋，在小七孔桥附近的观光车站点聊了一会往事，大队人马就陆续到齐了。我一个人走到潭水边，注目碧绿的潭水，在清风的吹拂下，闪动着微微的涟漪。多少青春岁月，就像刚刚伴我同行的响水河一样，起伏跌宕，去而不返；此时此刻，水面映照着满头白发，随波飘逸，而今的生活就像眼前的小桥流水一样，安然顺畅，平缓无澜。

“晓光，快过来，马上要走了！”国栋在喊我。

“老钱大哥，等等我！”

相见欢

轻纱远黛朦胧。
瀑飞风。
七孔桥旁观荇、水淙淙。

目尚炯。
腰仍挺。
耳犹聪。
战友虚胸执手、一生衷。

贵州屯堡古镇

彩图

四、苗寨夜话那年事

游完了荔波小七孔，来到了西江千户苗寨，今晚就入住在这里了。

苗族，是我国第四大少数民族，西江千户苗寨，是世界最大的苗族聚集地。这里看上去应属丘陵地带，我们住在路东的一个小山丘上，一条弯曲的小路，穿行在不同朝向的民房之间。这小路不仅弯曲，而且很陡，任何车辆都无法通行，哪怕是自行车。路面是石板铺成的，下面是一条小溪，走在上面，脚底可以感知流水的缓急，不同频率的震颤，伴着不同的流水声，如果你细心品味，或可穿越到白居易的水上琵琶的韵律之中。小路的尽头就是山顶了，小溪源于山顶南侧的一汪深潭，深潭的周边见不到源流，我觉得这深潭底下应该有活动的泉眼。站在山顶上向下望去，脚下的民居密集错落，有砖石结构的，也有纯木质结构的，风格各异。小山的北侧，是一大片碧绿的梯田，十分养眼。我们 30 人分住在几家旅馆里，我们夫妻二人，与老詹、国栋同住一家旅馆。吃过晚饭，大家便回各自的房间休息了。

这大西南和大东北相比，黑天来得晚了许多。大约 9 点钟，天才完全黑了下来。我正在洗漱，准备歇息，突然，国栋敲我的房门，大声喊我：

“晓光，快出来看看，别错过这大好的景致！”

我出来一看，老詹和国栋都在我的门外等我们呢。我问他们，有什么好看的，国栋说了声：“跟我来！”

我们从旅馆的后门出去，沿着一个甬道旋转攀爬，来到了旅馆的屋顶，原来这屋顶是一处绝佳的观景台。

某年农历九月初一，黑黑的穹顶只挂了一弯小小的月牙，满天繁星莹莹闪闪，正西方好大一片灯光，像瀑布一样颤颤耀耀，悬于穹壁之上，这便是千户苗寨的万点灯火。这灯火与穹顶的繁星遥相辉映，蔚为壮观。心神旷达之际，大家互拍了几张照片，又拍了几张合影，带着夜风涂在身上的爽气，回到了老詹的房间。

老詹，全名詹树魁，天津下乡知青，1969 年我刚到值班连时，他是我的排长，后来提升为副指导员。虽然他那时只有二十来岁，因为有能力，为人老成，所以，大家都叫他老詹。

记得刚认识的时候，我有一本歌曲集，大部分歌我都不会唱，老詹接过歌本，一页一页地挨着往下唱，没有他唱不下来的。原来他识谱能力极强，眼睛同时看着谱和词，嘴里就唱出来了。

老詹听完我说的这件往事，说了一句：

“晓光，你的记忆力真好，50多年了。”

其实，也不是我的记忆力好，只因为老詹在我心目中的形象太完美了。

“老排长，你的腿没有留下什么后遗症吧?”我想起了他的腿那年在完达山驻防时曾经患过溃疡。

“没有，当年就全好了，留下一些疤痕，时间久了，疤痕也消失了。”他边说边撸起裤腿给我看。

1970年夏季，我们连队的营地要转移到0519高地，那里距离我们现驻地大约15华里，我们要在高地的南坡上重新建造营房。老詹作为二排排长，带领全排战士，每天早出晚归，步行到新营地，白手起家，就地取材盖营房。山里的蚊子、瞎虻（牛虻）特别多，根本无法驱赶，只好任其叮咬。当时因为手头活忙，并不在意，但是到了晚上，被咬伤的部位全是大包，奇痒无比，又没有什么药可以止痒，只好用手抓搔，直到搔破出血，才算罢手。因为反复抓挠，很多战士出现皮肤感染。老詹也未能逃此一劫，双下肢多处搔伤，且合并感染。

为了赶进度，增加劳动时间，大家重新开辟了一条新路，要从山坡下的荆棘丛中穿过去，步履之艰难可想而知。“共产党人死都不怕，还怕困难吗?”这话不是吹着唠的，是指战员们用实际行动践行的。

之后的几天晚上，我为战友们疗伤，发现有几个人的蚊虫咬伤感染加重了，甚至发展成皮肤溃疡，最重的就是老詹和张树林。他们俩一位是排长，一位是班长，干起活来不顾一切，来回途中还要照顾战友过河，这条河就是大别拉炕河，河水不深，刚刚没膝，他们俩要站在水里保护全排战友都安全离水，才能最后蹚水上岸。就这样，他们俩的小腿溃疡越来越重。直到房子盖完了，不再遭这样的罪了，溃疡才慢慢愈合。留下的瘢痕和色素沉着瘢，持续了好多年才消失。

老詹后来上了大学，是群众推荐和文化考试两项硬指标都合格，才迈进厦门大学校园的。经过屯垦戍边几年的意志磨炼，在后来的学习工作中都是成绩斐然。几次见面他都是谦虚谨言，我在网上查阅了他的简历，厦门大学毕业后，留校任教，现在是厦大教授，博士生导师，外国语言文学研究所常务副所长，海外考试中心主考。曾多次以访问学者身份，赴美国等国外大学进行学术交流。凡有战友去厦门旅游办事，他知道后都热情接待，前些日子，有一位叫张秀军的战友去厦门，老詹专门设宴款待这位一天书都没念过的战友，开着私家车，拉着他到各旅游景点观光游玩，丝毫没有教授的架子。2018 年，知识青年上山下乡 50 周年之际，他给战友们寄来了一个大约 1 立方米大小的包裹，里面全是优质铁观音茶叶。

这个晚上，老詹和国栋也讲了许多他们在北大荒生活和戍边的故事，宗宗件件，耐人回味。

在这美丽的苗寨，在这温馨的夜晚，老战友见面，总有讲不完的往事，道不完的情。

定风波

昨日青年此日翁。
如烟往事任随风。
淡看功名浓咽酒。唯有。
友情当续莫虚空。

北疆也曾戎阵地。应记。
青春何惧喂蚊虫。
山水静安原我爱。苗寨。
满穹星斗半山红。

西江千户苗寨

彩图

五、洒泪惜别期再见

广凌为我们安排的旅游行程，走的是黄金线路，接下来的几天，大家痛痛快快地游完了镇远古镇、梵净山和黄果树瀑布等著名景点。时间不会因为你需要就予以停留，无奈，到了该说分手的时候了。

晚宴设在一家国内知名的苗族酒店里，喝的依然是广凌从家乡带来的老酒。虽说贵州出名酒，但是对我们这伙人来说，还是老酒最醇，就像老友最亲一样，杯杯清澈飘香，杯杯满是真情。

30 位战友，分 3 张桌子落座，我和郑广凌、肖宝林、马福亮等人邻座，宝林和福亮都是哈尔滨到生产建设兵团的小青年，我们曾一同驻防北部边防线，是和老詹、国栋、阿道生活战斗在一起的老值班连战士。

福亮是一位睿智而又有激情人，1969 年 10 月，五营举办战备卫生员培训班，我们俩是同学。后来他考上了大学，因为学的不是医疗专业，所以就改行了。他的乒乓球打得非常好，638 战区，排名第一。记得我们刚到驻地时，由于文化生活比较单调，有一天，他为战友们讲评书，讲的是《烈火金刚》，屋子里挤了 30 多人。他正讲得起劲，连长进屋了，福亮见连长来了，就停下不讲了。连长说："讲得挺好，接着讲！"福亮见连长的表情不对，连连说："不讲了，不讲了。"连长气哄哄地说："这是什么地方？你竟敢讲什么《吊死鬼结婚》！"过了一会，连长的口气缓和了一些，他的意思是当前战事紧张，不许扎堆，让大家回去做好战前准备工作。大家立即散去，以后就再也没听过福亮讲评书。我回到宿舍后，就一直在想，福亮讲评书，是件好事呀，连长为什么生这么大的气呢？后来，通讯员告诉我实情了，是有人向连长汇报说，福亮在讲《刁世贵结婚》，连长没有看过《烈火金刚》这本书，听成了《吊死鬼结婚》，以为是在散布封建迷信呢！福亮大学毕业后，工作十分优秀，退休时已是处级领导了。

今天酒桌上说起福亮在前线讲评书的事，当局者迷了半个多世纪的，今天才知道那天挨了一顿冤批的原因。

宝林是全值班战士里军事素质最强的人。队伍从前线撤回来以后，他负责组建会操班，参加黑龙江生产建设兵团军事大比武，他们班获得队列、刺杀、投弹和四项全能四个第一名以及射击第二名；他本人也获得了投弹第一名和射击第二名的好成绩。他回城之前，已经调到 18 团军务股，担任军务参谋职务，完全是凭实力干上去的。是啊，那时的我们，只知道实力是干出来的，有实力，就有对等的价值。回城后，他从建筑工人做起，自学考试，在职读大学，硬是把自己锤炼成为一名建筑工程师。

宝林这种积极进取，拼搏向上的精神，是北大荒精神的具体体现，正是千千万万个知识青年，以这种精神开创了前无古人后无来者的知青文化。北大荒精神与知青文化是有机地交织在一起的，第一代垦荒人的创业实践，极大地影响了知青的价值观；知青的文化传输，对北大荒精神的升华，客观上也起到了相当大的作用。在我们这个团队里，就有多名曾经在下乡期间从事中小学教育工作的教师。比如：温州的施永生、孙联生，天津的张秀珍，哈尔滨的赵春占、巩凤秋、潘岚等人，当年，都是教育战线上的优秀人才，有的二十几岁就当上了校长。他们的学生是第三代垦荒人的中坚力量。记得，当时的十八团，也就是现在的友谊县（友谊农场），设有专业的科研连，每个连队还有专职的科研班，课题担纲者，大都是下乡和回乡知青，杨淑芳就在科研连工作，为科学种田，实现农业现代化，奉献他们的聪明才智。李长青、亓培山、陈友良、杨宪志以及胡淼勋等战友，分别在不同的工作岗位上，为北大荒的发展建设，贡献青春和力量。

这些老知青战友，返城以后，依然眷恋着第二故乡。一有机会，就回到当年下乡的连队回访，春占、宝林等人，有时一年回友谊多次，看望当年一起生活、工作的父老乡亲。

席间，大家回忆起那一段历经坎坷，如火如荼的青春岁月，内心无限感慨。巩凤秋等人，即席高歌《为了谁》，全体人员举杯起立，和声朗朗，一代往昔的弄潮儿，闪着泪花，把岁月歌唱，把人生歌唱，让逝去的青春再放光芒。

今天我们举杯相庆的是那闪光的青春，是那印记在北大荒光辉史册里的无悔人生。

大厅里灯火通明，杯光斛影，歌声回荡，激情无限，稚嫩的小服务生们，都看傻了眼，他们怎知道，这些共和国的长子长女们，在这里推杯换盏，眼神里交流着战友间一往情深。

干杯！喝下的是半个世纪峥嵘岁月酿造的真醇；

倒满！添上的是来日方长，再聚首，指日可期。

最容易用泪水抒发情感的应该是女人。可是，今天不同了，是男爷们绷不住了，老詹、马福亮已是泪水涟涟，在座的一双双早已湿润的眼睛，相互对视，把杯中的酒一饮而尽……

然后就有了本文开头的一幕……

一群七十来岁的老人，

热情相拥、泪水涟涟……

歌，还没唱够，

酒，还没喝完。

颤抖的喉咙，已难成曲调，

离别的老酒，再一次添满。

几位女生，举起相机，记录下这难忘的瞬间。

临江仙

老酒盈杯频举起，
沧桑话尽追思。
兵团岁月梦依依。
持枪军训，
春种夏扶犁。

今日广凌邀聚首，
遍游黔贵山溪。
恋人非景友难离。
拥肩飞泪，
再见是何时？

战友惜别

彩图

第八篇　近处有风景

水湾里的一墩墩的蒲草，在微风中摇曳，红褐色的蒲棒有的已经开始飞茸，蒲绒与野百合、桔梗，都是上好的药材。不知名的小鸟，在树间穿飞，颤动的柳丝为鸟儿们编奏的乐声打着拍子，江风拂浪，渐次推向岸边，发出宏大而又低沉的轰鸣，为鸟儿们的歌唱和弦——这才是真正的天籁之声。

友谊县万亩良田高产玉米

一、万亩良田功勋拓荒

我的家乡北大荒是祖国最早迎接太阳的地方。这不，还不到7点钟，太阳已经一竿子高了。我呼吸着清新的空气，腋下夹着白大褂和听诊器，大步向县医院走去。今天我要下乡，去最边远的村屯，为那里看病不方便的农民朋友看病去。

救护车早已停在县医院的大门前了，我上车时，车里已经坐满了人，大家都侧向对面坐着，因为车里仅有一条纵向摆放的长椅和一张抢救床，没有正向座位。带队的领导半开玩笑地说："今天不用你抢救病人，就别跟我们挤了。您老人家的位置在前面呐。"

救护车是封闭式的，司机和副驾驶位置，与后面的车身是用玻璃隔开的，对话有传声器。副驾是最好的位置，不拥挤，眼亮，应该是领导坐的，让给了我，我也没客气，上车坐好，系好安全带，车就出发了。

全县有十个乡镇，这两年，我下乡巡回医疗，一个不落地走了好几遍了，今天要去的是较为边远的和发村。

公路两旁，广袤的黑土地，覆盖着翠绿的禾苗，有的地块，玉米足有半米多高，按农民的说法，已经"罩垄"了；大片的水稻田，白水汪汪，绿油油的稻苗在水中排着整齐的队列，温柔舒展。田埂上立着一块大标牌，上写着"现代化农业示范地"，这里是北大荒腹地，一眼难收的"万亩良田"。

路过一片大棚，这是农民育秧用的，现在稻苗都已经移植到田里，农户在棚里重新种植红小豆、香瓜等经济作物。现代化大农业，综合利用资源，提高产能，增加收益比，北大荒的农民，一年四季不得闲，辛辛苦苦种粮食，为全国粮食安全作出了巨大贡献。

北大荒，说是千古荒原，都有点说少了，要说亘古荒原，倒还贴切。为什么这么说呢？这还要看北大荒这一地理名称的来源。成书于2000多年以前的战国时代的《山海经》有过这样的记载："东北海之外……大荒之中有山，名曰不咸，有肃慎氏之国。"肃慎，后称挹娄，是满族的祖先，我们县域内的凤林古城，据考古证实，就是当年的挹娄王城。山海经里描述的大荒，就是我们北大荒。

彩图

黑龙江省友谊县万亩良田

三江地区 1948 年开始土地改革，一批土改干部带领当地居民开发北大荒，打出粮食支援解放战争。新中国成立后，毛主席、周总理与苏联签约，成立中苏友谊农场，王震将军率领 10 万转业官兵，开发北大荒，接着又有大批山东等内地支边青年来到这里垦荒种田，之后又有上百万城市知青屯垦戍边。经过几代人的不懈努力，终于把这里建设成为现代化农业基地，昔日北大荒，今日北大仓。

我原本也是农民出身，各种农活，现在也会做。只是后来有机会学医，成了为农民健康服务的医生。

亲历了北大荒半个多世纪的变化，一块偌大的处女地，几代农垦人拓荒耕耘，现在是沃土千里，稼禾漫绿。而这些拓荒者，功臣农民，有的老去了，有的积劳成疾，病魔缠身，我们必须为他们做点事情，他们出来看病有困难，那就到村里去，到家里去，到床边去，这不是应该的吗？

放眼这无边的土地，我掏出手机，拍下几幅照片，再在下面配上几句小诗：

新霁晨阳艳，
蓝蓝五月天。
一行美天使，
义诊到乡间。
初心怎能忘，
植根大荒田。
感恩农家友，
种田养活咱。

写好后，准备推敲平仄，又一想，即兴写着玩的，管它是诗，还是顺口溜，能表达心情就行了。正思索间，突然听到司机喊我："孙叔快看，那是什么鸟?"他边喊边放慢车速。我猛然抬头，发现路边有两只大鸟贴着路面扑棱着翅膀，半跑半飞地向前行进。我认识，这是一对野鸡在撒欢，几秒钟的工夫，就钻进了沟边的草丛里了。

20 世纪五六十年代，北大荒刚刚大面积开垦时，人们常说这里是"棒打狍子瓢舀鱼，野鸡飞到饭锅里。"这话一点都不夸张。我小时候上学，要走六、七里地的小路，经常看到野鸡从脚下飞起。有一次放学回来的路上，看到雪地里有一束漂亮的鸡毛，还以为是谁丢的鸡毛毽子，同学伸手一提，竟然是一只冻死的公野鸡。还有一次，已经走到村头了，看见一大群狍子，站在雪地里，同学们拼命地撵，狍子竟然进了村，跑到我家邻居的屋里，把张大娘吓了一跳，傻狍子转一圈又跑出去了。等我跑到家时，院子里围着好多人，正在说张家的人胆子太小，要是关上门，就白得一只狍子。后来，由于生态环境的改变，几乎看不到狍子和野鸡了，近些年禁猎，野鸡又开始多起来了。

和发村到了，救护车停在村卫生室门前，早有驻村扶贫工作队的人和村医在门口等候我们了。卫生室容纳不下全村看病的人，轻病人和问诊咨询的就在院子里接待，我和外科医生以及量血压护士的桌子，都摆在凉棚下面。一位老大娘认出了我，以前她到县里找我看过病，她说昨天就听说县里要来义诊，但没想到你能来。我诙谐地说，是不是以为我老了，不再看病了。她连忙说，她不是那个意思，大夫越老越值钱，我是觉得，找你看病……哎，不说了，你快忙吧。

妇产科、心电图、B 超都在屋子里接诊。检查完的结果都拿到我这里来做最后诊断。药剂人员根据诊断免费为大家发放药物。忙到中午，大家吃了点盒饭，休息一会，就开始入户看病了。

现在的农村，居住条件和以前大不一样了，街道都是水泥路面，路边有排水沟渠，沿街种植的绿化带，清新整洁，树木成行，花草茵茵。住房都是砖瓦结构的，独门独院，房前屋后，种满绿莹莹的有机蔬菜，家家都有自来水，整个村子见不到一个柴草堆。当年学大寨时，口号是"先治坡，后治窝。"现在看来，坡与窝都治好了，可就是还有一样没解决好，那就是农民的看病问题。

驻村扶贫工作队的领导把我们领到了一户人家门前，这是一个大约 200 平方米的瓦房，大院用密实的钢筋围成，铁门紧锁着。主人看见我们来了，打开门，把我们让进屋里。病人是一个 10 岁的男孩，患有狂躁型精神病，破坏倾向严重，家里整日不得安宁。更不敢让他出去，怕出现人身安全问题。看完病，主人出来送我们时说，孩子好像知道我们是来给他看病的，所以表现得异常温顺，反复说谢谢医生。我深知，我拿不出什么更有效的治疗方案，只说了几句人家早都明白的护理常识。随着孩子年龄的增长，这家的日子将越来越不好过。

第二家，病人是一位 50 多岁的男人，患有心脏病，心力衰竭，心电室的张薇医生，到床边为他做了心电图。我查看了他现在所用的药物，帮他调整了治疗方案，又给了他两盒改善心脏供血的药物。病人目送我们离开，我不敢回头，因为，我已瞥见了他挂在脸上的泪珠。

第三家，住的是一间老式砖瓦房，较为低矮，室内光线不好，一位 70 多岁的大娘，连忙招呼我们，并把我们领进了病人的居室。床上仰卧着一位姑娘，刚刚 18 岁，患的是“重症肌无力”，连吃饭用的筷子都拿不动。一个花季少女，注定一生不能自主走路，更不敢奢望恋爱、婚姻、生儿育女了。但是我在她的脸上看不出一点痛苦和绝望。虽然表情肌运动障碍，可我还是在她粉白的脸上体会到一丝笑意。她见我们各个都表情凝重，就努力地动一动脚趾，示意她还是能动的，她说她在等待，总有一天，医学发展了，会治好她的病。应该是我们给她力量的时候，反倒是她在给我们力量，这更增加了一位医生内心的无奈与尴尬。一旁的奶奶说，她大孙女可刚强了，自己能做的事情，都不让别人上手。大家都把目光集中到我的脸上，我能做些什么呢？今天没有带来对重症肌无力有治疗作用的药物，只能讲述一些护理要点和预防加重需要注意的事项。

走出和发村的时候，太阳已接近地平线了。

还是来时的路，路两旁还是广阔的万亩良田。

火红的夕阳，辉映着大地，原本翠绿的禾苗，被镀上一层嫩黄。是谁描绘出这么曼妙的田园风光，是农民兄弟呀！他们每日里想的就是怎样才能多打粮，他们宁愿透支自己的健康，也不愿意耽误农时，几乎每位老农都有肌肉劳损、腰椎病、关节炎，有时吃上两片止痛药，仍旧风里来，雨里去，“小车不倒只管推”。扶贫医疗小分队满面春风地来到村屯，真正为病人解决了多少病痛呢？“预防为主”医疗卫生方针，落到实处的确很难啊！

晚上，想写一首赞美万亩良田的诗，怎么也写不出来，满脑子还是看病的事，那就写写看病的事吧！

义诊和发村，
老幼把病询。
焦急是重患，
卧床难来临。
我等徒步去，
送医入家门。
癫童变温顺，
羸翁挂泪痕。
更有窈窕女，
截瘫闺居深。
多少无奈事，
疏于防之根。
疑难杂病在，
专家名可真？
躬身思己任，
应知下者尊。
食裳无忧者，
当感农民恩。
秉承“六二六”，
医界本精神。
倾心抓防病，
健康真扶贫。
君不见良田逾万亩，
农民首功勋。

友谊县水稻田

彩图

二、金秋沃野丰饶界江

有一天，几位朋友在一起闲聊，说到了旅游，大家想结伴寻一处近点的风景区，玩上一天。有些事只当是说说，过后也就淡忘了。谁知，说者无心，听者有意，我的一位已故老战友的儿子，在一旁听到后，还真的走心了。

秋分的那一天早上，刚吃过早饭，我的电话响了。

“我是朱政。二姨夫，你今天是不是休息呀？要是没什么事，我拉你出去走走呗。”战友的儿子，从他媳妇那边论起来，管我叫二姨夫。

“去哪啊，我还真没什么事。”

“那你准备好，十分钟后你下楼，我在你家楼下等你。”

我上车后回头一看，有两个人在抿着嘴朝我笑，正是那天在一起闲说旅游的那两位朋友，宜龙和小潘。他们俩的书法绘画，在当地是小有名气的，挨着小潘还有一位20多岁年轻人，是小潘的朋友，我没见过的，听介绍，他姓王，和朱政都偏爱收藏，看样子，也是个有个性的青年。我比宜龙和小潘大十来岁，他俩比朱政大十来岁，朱政比小王大十来岁，我们几个在一起，没法论爷们还是哥们，就各论各叫了，虽说年龄跨度大一些，但还是挺投缘。

朱政说，他要带我们去一个好地方，我们也不问了，拉到哪算哪吧！这一天的时间都交给他安排了。

汽车在国道上一直向北驶去。

深秋季节，路两旁的庄稼，有的已经开始收割了，大部分晚熟的玉米和水稻，还整齐地站在田里，继续上浆。过了飘垡河就是富锦市的地界了，这里的庄稼和相邻的友谊农场的庄稼长势没什么两样。以前可不是，无论地块的大小，土地的平整度，还是秧苗的高矮，都有很大差异。现在看来，农业现代化已经逐渐普及开来了。

汽车开上了松花江大桥。江南是富锦市，过了江桥，就归绥滨县管了。以前去绥滨县，靠的是摆渡，自从修建了跨江大桥，交通方便多了。我原以为朱政要带我们去三江口，现在看来肯定不是了，因为，去三江口要沿着松花江的南岸向东行驶，大约50公里处，便看到松花江和黑龙江汇合，形成蔚为壮观的同江。作为同三公路的起点——同江市，就是因此而得名。我曾经去过三江口，松花江在南侧，水色苍黄，黑龙江在北侧，水色青黑，一个暖色调和一个冷色调的江水突遇，并行数十里不肯相容，黑龙与黄龙争锋的神话故事，就是起源于此。

我们走的是221国道，过了江桥向北再走20多公里，折向西，可以通往萝北县，那里有一处景区，叫名山。十多年前我去过那里，是靠近黑龙江的一座小孤山，景色清秀怡人，人文景观带有几分俄罗斯风情。

不知不觉中，我们的车岔到通乡公路上，照直向北行驶，又走了20多公里，水泥路面到了尽头，汽车向右拐上了一条土路，路南侧是大片的玉米地，秧苗略显黄瘦，路北侧是一带灌木，其间掺杂着蒿草，有一些荒芜之感。十来分钟后，前方出现了一个小村落，十几户人家，村头第一家，较为气派，大瓦房，宽敞的院落。朱政把车停在了院门口，下车查看了一会，然后回到车上，自言自语地说道：

“都快10点了，这家人家怎么还锁着门，看来，中午我们得到别人家吃饭了。”他边说边启动车，开到街里一个小户人家的门前，下了车，他与门前洗菜的中年妇女打招呼，那人见到朱政，似曾相识地笑脸相迎，她告诉我们，车停在这里绝对安全，并问我们几点回来吃饭，朱政回答她，午饭肯定在她家吃了，具体时间待定。说完，他带领我们几个就向村子北头走去。

所谓的村北头，也就是黑龙江的南岸，不足百米的距离，过了堤坝，就是浩瀚的江面，江水冲刷着堤岸，岸上长满了芦苇和茅草，稀疏地飘摇着几棵垂柳。芦苇已经泛黄了，茅草的基底部也是黄色的，是去年的老草母，今年生的新草还依然保持着绿色，在绿色中傲然地挺立着几株野百合和桔梗草，各自的顶端举着萎而不凋的红花和兰花，记忆着夏季里曾经的风采。水湾里的一墩墩的蒲草，在微风中摇曳，红褐色的蒲棒有的已经开始飞茸，蒲绒与野百合、桔梗，都是上好的药材。不知名的小鸟，在树间穿飞，颤动的柳丝为鸟儿们编奏的乐声打着拍子，江风拂浪，渐次推向岸边，发出宏大而又低沉的轰鸣，为鸟儿们的歌唱和弦——这才是真正的天籁之声。湛蓝的天空，游弋着几朵白云，白云下面，偶有几只大鸟在飞翔，时而低空盘旋，时而钻入云天。这些候鸟的家，也许在此岸，也许在彼岸。彼岸是一带低矮的青山，人迹罕至，现在归俄罗斯管辖。

沿着江水流动的方向，向下游望去，相距 1 公里左右的水面上突兀着一座孤岛。我们问岸边整理渔网的渔民兄弟，是否可以用船把我们渡到岛上去？他们静静地看着我们，并不作答。过了一会，其中一位年龄稍长的人开口了：

“你们今天上岛，不害怕吗？”

“我看这风浪也不大，有什么可怕的呀？”朱政反问道。

“你们进村时，没看见小饭馆关门了吗？”那人边说边看几位同伴，那几位忙着手里的活，从表情上看，也在期待他继续讲下去。

“饭馆的掌柜的和村上的两个人，今天早上被鹤岗市公安局的人给抓走啦！”

“这和我们上岛有什么关系？”我问。

“老哥，这两天出了个稀奇的事。”他一边绾着手里的网纲，一边给我们讲这稀奇事的来龙去脉。

事情是这样的：

前天，岛上来了两位“不速之客”，被两位村民发现了。他们认出了这两个黑乎乎的东西，是黑熊，肯定是从俄罗斯那边游泳过来的。他们俩回到家里，经过一番密谋，设计了一个万无一失的捕熊方案，然后返回岛上，将其中的一只大一点的黑熊给抓住了。连夜运到小饭馆，把熊杀死，扒皮肢解，饭店掌柜的得了一张熊皮，剩下的让两个偷猎者平分了。他们三人以为这事神不知鬼不觉，暗自得意。没承想，时隔一天，今天早上 8 点钟，被绳之以法了。

事情是这样败露的：两个人通过关系将四只熊掌偷偷地卖给了鹤岗市一家饭店，昨天晚上饭店找到了吃主，高价卖给了食客。谁知这食客中有一位酒喝得多了点，把这事给说出去了。这下好了，涉事的人谁也没跑了，全给抓进去了。

怪不得，刚才进村时，看到小饭馆大门紧锁，原来是掌柜的伏法去了。黑熊，连小学二年级的学生都知道是二级保护动物，还敢偷猎偷吃，真是胆大妄为。

“这事和我们八竿子都打不着啊，我们为什么不敢上岛呢？”宜龙老弟问。

“不是说和你们有关。你们也不想想，这只大熊被害的过程，那只小一点的吓跑了，今天要是回来寻找同伴，遇上你们几个，他怕是不能善罢甘休。”一位渔民停下手里的活计，一本正经说。

哎呀，这还真是个事，不得不防啊！

“说是说，笑是笑，你们该上岛上岛。”年龄稍大的渔民乐呵呵地说道。他是这样分析的：那只幸免于难的黑熊早已逃之夭夭了，从昨天到现在影都没见，肯定回俄罗斯的山里去了，它躲还来不及，哪里还有胆量泅水返回这杀身之地。

来都来了，就听这位大兄弟一回，上岛玩去。

十来分钟的工夫，渔民把网整理好了，让我们几个人上船。这时，小王笑了笑说，看着岛上光秃秃的，没什么好玩的，他自愿留在岸上，为大家安排伙食。然后，开玩笑说：“我这么年轻，我可不能去喂熊。”说着，跑回了村里。

“他不上来，我的船还轻巧一点。谁说这岛上光秃秃的？上去你们就知道了，满地是宝，怕你们拿不动。”船主人边调整船位边说。

船身位置调整好后，便顺水向东驶去，这是一条机动船，要去距此大约十公里远的打鱼点打鱼，每隔 30 分钟发船一趟，到那里打鱼也只给 30 分钟的作业时间，不管收获如何，必须腾出地方给下一条船，然后回来卸货，再重新排队。他们都认为多做善事，对做生意有好处，捎带着把我们送上岛，不要一分钱好处，他们打心里愿意。并告诉我们，耐心地等他们返航，再把我们接回岸上。

船主人寻了一处便于停靠的水域，看着我们安全登岛，便全速向下游驶去。

看上去，这座小岛面积不足1平方公里，呈鹅卵形，长轴与江流平行，较为平坦，全岛布满了鸡卵大小的石头，大部分是河卵石，间或有一些杂石，岛面的主色调是黄色，而杂石红黄蓝白黑，各色俱全。所有的石头，经过千百万年江水冲刷，都没了棱角，表面十分光滑，在上面行走，脚下洁净踏实。

“今天带大家来，不单是看看原生态的黑龙江，更重要的是采集奇石。”朱政对我们三个人说：“刚才那位老哥说的是真话，这个岛上的确有宝贝，我已经见到一块了。”他张开手掌让大家看，将一块红褐色的不规则形小石头展示给我们。宜龙和小潘第一时间就看出来，这是一块玛瑙石。朱政接着说：

“我曾经来过这里一次，知道这个小岛上有玛瑙石，所以才带你们来这里。现在大家可以散开去找了，肯定都能捡到，至于能不能捡到精品，那就看运气了。”

“你在家里为什么不说？早知道这里有这好玩意，我带个工具来呀。”我边开玩笑，边随着大家呈扇形散开，向着东北方向，乐颠颠地寻找玛瑙石去了。

功夫不负苦心人，大约遛了1个小时，我还真的捡到几块好看的石头，其中大部分是玛瑙，还有一块血红色的小石头，比朱砂石要硬得多，说不定是鸡血石呢，心里那叫一个高兴。前面有一个小缓坡，直起腰身，边走边向北远望，到了坡顶上，感觉江风从北岸迎面吹来，坡下面有一片小树林，树林的北面有一汪明亮的水塘，隔着树丛，看到水塘的对岸影影绰绰有两只大动物站在那里，心里当即一震，该不会是从俄罗斯过来寻仇的黑熊吧！我没敢出声，下意识地把手伸进衣兜里，掏出了近视眼镜。捡石头是不能戴眼镜的，一是看近物用不上，二是一低头它就往下掉。当我戴上眼镜后，再定睛一看，原来是两条耕牛，虚惊一场。

到了约定返回的时间了，大家在坡顶聚齐。我问他们，看清北面那两个家伙是什么东西吗？人家眼睛好，早都看出来是老牛了。牛，是渔村的人在这里养的，大家分析，前天上岛的黑熊，大概是奔这两头牛来的，想不到把命搭上了。

我们回到了来时登岸的地方，等待渔船来接我们回渔村。大家把捡到的石头都亮了出来，彼此欣赏。朱政捡到一块肉石，和猪五花肉一模一样，就是块小一点，跟过去领工资用的名章大小相近，朱政见我喜欢，就送给了我。

过了一小会，返航的渔船来接我们了。近前一看，不是来时渡我们的那条船，船主人让我们上船，说是老远就看到了我们，知道是在等船来接的。船舱里有一个水槽，里面游动着新捕的鱼，上岸时我们选了两条，一条是鲤鱼，一条是鳌花，付过了钱，船主又送我们一条小鱼，说是黑龙江白鱼，很有名，让我们尝一尝。

彩图

黑龙江畔

出水鳌花

彩图

饭菜做好了，在院子里放上一张圆桌，女主人拿来村子里酿造的白酒，告诉我们，茄子、辣椒和西红柿都是自家小院子里产的，还有两碟自家腌的咸菜，这些都不要钱，管够吃。吃过饭，付过账，太阳已经偏西了，谢过之后，正准备原路返回，突然看到一只野鹤，在路上闲逛，感到新奇。村子里的人告诉我们，这只鹤在这里已经 3 年了，和村里的人都熟悉了，冬天也不飞走。我跟着它走到江边，从背后为它拍了一张照片。

车离开了小渔村，我的思绪还在这些渔民身上。他们起五更爬半夜，风里来雨里去，可是他们从来不言苦，安然地笑对生活；他们没有大富大贵，却为人慷慨大度，就连野鹤都把他们的小村庄当成自己的家。难怪既往的文学作品，总是把渔民和樵夫作为善良的正面人物来赞扬。

彩图

江边野鹤

我想起了宋代词人陈与义的那首《临江仙》。开头一句：“忆昔午桥桥上饮，座中多是豪英。”我们几个今天坐在黑龙江边上饮酒，可不敢说是豪英，连听说岛上有熊瞎子，心里都有些发毛呐，哪怕是豪气都谈不上。只是最后一句倒是值得深思：“古今多少事，渔唱起三更。”渔民，社会最朴实的劳动者，他们不但心地善良，也都是有大智慧的人，他们看惯了秋雨春风，默然了世态炎凉，古往今来，多少争名夺利，世事变迁，都被他们当成了故事和笑谈。

深秋的夕阳，明朗但不刺眼，像一个燃烧的火球蒸腾在地平线上。偌大个天体，却把全影投射在农田的沟渠里，这世界竟有如此小中见大，也竟有如此大不舍小。

彩图

田园夕照

在夕阳的辉映下，北大荒的原野，披上了一片金黄。在北大荒人的辛勤耕耘下，三江平原一别亘古的荒凉，以农业为主导，农林牧副渔全面发展，成为国家旱涝保收的粮食基地，成为中国粮食安全的压舱石。这一路上丰收在望的景象，值得我们北大荒人骄傲、自豪，我要以诗的语言为你赞叹，给你褒奖。

最美金秋北大荒

丙申年秋分作

秋色均分绿让黄，
已无绵雨日微凉。
马哈漫溯乌苏里，
鲢鲤正肥黑龙江。
玉米田畴高望雁，
稻菽埂上染夕阳。
炊烟袅袅招归主，
遍起蛙声十里塘。

注：马哈，即大马哈鱼。乌苏里，即乌苏里江，也是中俄的界江，秋分时节，正是大马哈鱼洄游的时候。黑龙江与松花江在三江口合流为同江后，又在抚远三角洲（黑瞎子岛）与乌苏里江汇合，最终注入鄂霍次克海。黑乌两江构成了北大荒的东和北两个端线。